OTRA NOCHE DE BODAS
LEE WILKINSON

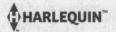

Editado por Harlequin Ibérica.
Una división de HarperCollins Ibérica, S.A.
Núñez de Balboa, 56
28001 Madrid

I.S.B.N.: 978-84-9170-113-2
Depósito legal: M-22218-2017
Impresión en CPI (Barcelona)
Fecha impresion para Argentina: 16.4.18
Distribuidor exclusivo para España: LOGISTA
Distribuidores para México: CODIPLYRSA y Despacho Flores
Distribuidores para Argentina: Interior, DGP, S.A. Alvarado 2118.
Cap. Fed./Buenos Aires y Gran Buenos Aires, VACCARO HNOS.

Capítulo 1

HACÍA un día maravilloso. Después de una fría primavera, el cielo azul anunciaba la llegada del verano. Junio acababa de comenzar y el calor todavía no abrasaba el asfalto. Una brisa fresca y ligera jugaba al escondite, agitando banderas y toldos, y dando un aire festivo a la ciudad de Londres.

A pesar de los problemas financieros de J.B. Electronics, la luz del sol levantó el ánimo de Perdita Boyd y la hizo apretar el paso mientras caminaba por Piccadilly. Alta y esbelta, con una gracia natural que los trajes de negocios no ocultaban, ella siempre hacía volverse a los hombres al pasar. Sin embargo, Perdita jamás se hubiera considerado llamativa. A pesar de sus ojos color turquesa y su cabello dorado, se hubiera llevado una gran sorpresa de haber sabido lo mucho que la miraban. Incluso el gerente del banco, viejo y cascarrabias, le había sonreído esa mañana mientras le negaba un préstamo a la empresa.

Después de salir del banco, Perdita trató de hacer acopio del optimismo que le quedaba y llamó a la residencia donde su padre se recuperaba de una operación de corazón. John Boyd estaba sentado junto a los ventanales que ofrecían la mejor vista de la propiedad. Era un hombre alto y de apariencia amable. Acababa de cumplir cincuenta y cinco años, pero siempre había tenido un aspecto aniñado.

—No ha habido mucha suerte, supongo —le dijo a su hija, recibiendo su beso con agrado.

Ella se sentó frente a él y sacudió la cabeza.

—Me temo que no. El gerente del banco fue muy amable, pero no nos prestan más dinero.

John suspiró.

—Bueno, como lo de Silicon Valley es aún peor que lo nuestro, no nos queda otro remedio que negociar con Salingers.

—Eso no va a ser fácil. Son duros de pelar. Nos tienen en sus manos y lo saben.

—Aun así, no podemos permitir que lleguen a controlarlo todo, si podemos evitarlo. No puede pasar de un cuarenta y cinco por ciento de las acciones.

—Haré todo lo que pueda.

—Sube hasta cincuenta si es necesario. ¿Cuándo vas a verlos?

—Voy a las oficinas que tienen en Baker Street mañana a primera hora.

—Bien. No tenemos tiempo que perder. ¿A quién vas a ver?

—Tengo una cita con un tal Calhoun, uno de sus altos ejecutivos.

—Sí, he oído hablar de él. Es un tipo duro.

En un intento por disipar la preocupación de su padre, Perdita cambió de tema.

—Ah, por cierto, Sally me dijo que a lo mejor se pasaba luego si te parece bien.

—Ah, estupendo.

—Me dijo que tenía que desquitarse o algo así.

Él sonrió.

—Tiene un juego de ajedrez y la última vez que jugamos le gané.

—Entonces, por lo que veo, te cuida muy bien, ¿no?

—¿Es que alguna vez lo has dudado?

–No. Algunas veces me pregunto cómo hemos podido arreglárnoslas sin ella.

Sally Eastwood había tomado el relevo del ama de llaves anterior seis meses antes. Era una atractiva viuda de cuarenta y cinco años que había vuelto a su Inglaterra natal después de la muerte de su esposo en los Estados Unidos. Trabajadora y simpática, Sally había resultado ser toda una joya. Un golpecito en la puerta anunció la llegada del carrito de la comida.

–Bueno, creo que tengo que irme –dijo Perdita, inclinándose para besar a su padre en la mejilla.

–Mucha suerte mañana, cariño –le dijo él, agarrándole la mano–. No creo que podamos llegar a un acuerdo fácilmente, aunque Dios sabe que lo necesitamos con urgencia.

–Si surge la posibilidad de llegar a un acuerdo rápido, ¿tienes que consultárselo a Elmer primero?

–No. Él me ha dado carta blanca para hacer lo que sea necesario con tal de salvar la empresa. Llámame en cuando veas a Calhoun.

–Claro.

Siempre habían estado muy unidos y ella sabía lo mucho que él odiaba estar fuera de combate en un momento tan decisivo.

–Sé que preferirías hacer tú las negociaciones, o mandar a Martin, pero...

–Ahí te equivocas, cariño –dijo él con firmeza–. Tú tienes lo que hace falta y creo que tienes más posibilidades que yo de sacarlo adelante. Más que Martin, ya puestos.

Martin vivía con ellos en Londres y se ocupaba de la sección de Información Técnica de la empresa. Era el único hijo de Elmer Judson, el socio estadounidense de su padre. Martin no solo era el preferido de Elmer, sino también el favorito de John, que veía en él al hijo que nunca había tenido. Profundamente satisfecha por su voto de confianza, Perdita salió de la residencia y echó a andar por el parque. Tenía un poco de hambre, así que se sentó en un banco y se comió los sándwiches que le había preparado Sally antes de volver al trabajo. Después se tomaría un café antes de empezar con el trabajo de la tarde. Su padre estaba convaleciente y Martin estaba cerrando un negocio en Japón, así que era ella quien estaba al frente de J.B. Electronics. La responsabilidad añadida podía llegar a hacerse muy pesada en algunas ocasiones, sobre todo con la boda a la vuelta de la esquina. Quedaban menos de seis semanas para el enlace con Martin y había muchas cosas que hacer. Él le había comprado un hermoso solitario y el compromiso había sido anunciado de forma oficial a principios de la primavera, desencadenando así un torbellino de preparativos y actividades. Sin embargo, las cosas parecían encajar, por fin. Ya habían reservado la iglesia y el catering, y Claude Rodine le estaba haciendo el vestido. El día anterior, después de hablar con su padre, lo había arreglado todo para que levantaran una carpa en el jardín de su casa de Mecklen Square. Ya solo quedaba...

De repente, la mente de Perdita se quedó en blanco. Un hombre alto y fuerte, de pelo oscuro, acababa de bajarse de un taxi justo delante del Arundel Hotel de Piccadilly. Perdita se paró en seco, ajena al peatón que estuvo a punto de tropezar con ella.

No podía ser él. No podía ser. Tenía que ser un error.

Al pagarle al taxista, el hombre se volvió y se dirigió hacia la entrada del hotel.

—Oh, Dios mío —susurró la joven para sí.

Jared...

Al llegar a la puerta, él se detuvo de repente y entonces, como si pudiera sentirla, se dio la vuelta y miró atrás. Él siempre sabía dónde estaba ella sin necesidad de mirar, incluso en una habitación llena de gente. Sus miradas se encontraron y Perdita sintió como si le dieran un puñetazo en el pecho. De pronto él sonrió, lentamente y sin alegría, y a ella se le heló la sangre. El momento que tanto había temido había llegado. Era inevitable. Un chorro de adrenalina le recorrió las entrañas y, aunque supiera que era inútil escapar, dio media vuelta y echó a correr. Justo cuando él empezó a moverse para interceptarla, un taxi se detuvo para dejar a unos pasajeros. Perdita corrió hacia el vehículo como si le fuera la vida en ello y abrió la puerta al tiempo que el conductor arrancaba de nuevo. Entró a toda prisa. Le temblaban las rodillas incontrolablemente, y su corazón parecía a punto de estallar.

–¿Adónde la llevo? –preguntó el taxista, incorporándose al tráfico.

–Al final de Gower Street –dijo ella, mirando atrás, con los ojos clavados en aquel hombre que la observaba desde la acera.

A lo largo de Piccadilly el tráfico era lento y el taxi avanzaba a duras penas. La joven no dejaba de mirar atrás, oyendo el sonido de su propio corazón, que le retumbaba en los oídos. Parecía que nadie la seguía, pero, aun así, le llevó unos minutos calmarse y volver a respirar de nuevo.

Estaba segura.

Por el momento.

¿Pero y si lograba encontrarla? ¿Y si sabía exactamente dónde buscarla?

Perdita tembló. Pero, aunque la encontrara, ¿qué podía hacerle? De pronto recordó aquella sonrisa descarnada y sintió un terrible escalofrío. El Jared del que se había enamorado era un hombre apasionado y cariñoso, con un sentido de la justicia y el juego limpio, pero, incluso por aquel entonces, había mostrado su lado más cruel en alguna ocasión. Volvió a estremecerse y el pánico se apoderó de ella nuevamente. Cruel y despiadado... Apretando los dientes, trató de mantener la cabeza fría. Todo dependía del motivo por el que Jared estuviera en Londres. A lo mejor no tenía nada que ver con ella... Quizá había viajado desde los Estados Unidos para hacer negocios, o a lo mejor estaba de vacaciones. Su madre había nacido en Chelsea y él siempre había sentido debilidad por la ciudad de Londres.

No. Ninguna de esas opciones parecía razonable. El Arundel era el hotel de los más ricos y la última vez que había tenido noticias de él estaba prácticamente en la calle; aunque quizá no se hospedara en el Arundel. A lo mejor solo iba a comer allí. Respiró hondo. Era posible que el encuentro hubiera sido accidental. Bien podía haber estado en el lugar equivocado en el momento equivocado. De no haber pasado por delante del hotel en ese momento jamás hubiera sabido que Jared estaba en la ciudad, y él tampoco hubiera sabido que ella estaba viviendo allí. Tres años antes, al dejar California para volver a casa, su padre había tomado todas las precauciones del mundo para que no pudieran encontrarlos. Había cambiado el nombre y la dirección de la empresa, había comprado una casa en un lugar discreto y había quitado el número de teléfono de la guía. En definitiva, le había puesto las cosas difíciles a Jared para que no pudiera localizarles, pero... Aunque difícil, no era imposible.

–¿Aquí? –la voz del taxista atravesó los pensamientos de Perdita.

–Ah, sí...Gracias.

Recuperando la compostura, le pagó la carrera, bajó del vehículo y siguió andando. Las oficinas de J.B. Electronics en Calder Street estaban a unos trescientos metros, pero ella había querido que el taxi la dejara más cerca por si acaso Jared se había quedado con la matrícula del vehículo. Todavía le temblaban las piernas y solo deseaba que Martin volviera cuanto antes. Había luchado mucho para olvidar a Jared, para olvidar todo el dolor que su maldad le había causado, y Martin había sido su punto de apoyo, su refugio. Lo echaba tanto de menos...

Martin era un hombre muy atractivo, alto y de constitución fuerte, con los ojos azules y el pelo rubio; un hombre que sería un buen padre y esposo. Sin embargo, había necesitado más de tres años de devoción y paciencia para convencerla de que aceptara su propuesta.

Perdita solo deseaba que la boda se celebrara cuanto antes. Marido y mujer... No se sentiría segura hasta que estuvieran unidos de esa forma. Solo entonces sería capaz de creer que por fin había dejado atrás el pasado. Martin la había amado con locura desde siempre, pero ella sabía que jamás podría corresponderle con esa clase de amor. Lo que una vez había sentido por Jared era algo incomparable que jamás volvería a sentir. De eso estaba segura. Y tampoco quería sentirlo. Era demasiado traumático. Aquello no le había deparado más que sufrimiento, desilusión y amargura. O eso se había dicho a sí misma. En realidad, lo que ocurría era que ya no le quedaba nada que dar. Una vez había entregado el corazón y estaba vacía por dentro. Solo había un hueco en el sitio donde debería haber estado su alma. Todo lo que sentía por Martin era gratitud por su apoyo incondicional. Sin embargo, aun así, él la deseaba y, si bien nunca llegaría a hacerla vibrar por dentro, tampoco le causaría dolor. Tanto su padre como Elmer se habían alegrado mucho al conocer el compromiso.

—Siempre he sabido lo que sentía por ti —le había dicho Elmer—. Así que no me sorprendió cuando se vino a Inglaterra, detrás de ti. Me alegro mucho de que su tesón haya dado sus frutos al final. No querría tener a ninguna otra como nuera.

–No sabes lo mucho que me alegro de que por fin hayas decidido comprometerte con Martin. Dangerfield no era de fiar. No era más que un perdedor. Estaba empezando a pensar que nunca llegarías a superarlo.

Perdita pensó en las palabras de su padre un instante... En lo más profundo de su ser ella sabía que jamás había llegado a pasar esa página. Nunca había superado lo de Jared, y nunca sería capaz. ¿No se había pasado los últimos tres años intentándolo? Al llegar al edificio acristalado que albergaba la sede de J.B. Electronics, saludó al guardia de seguridad y tomó el ascensor, rumbo al segundo piso. En la oficina exterior estaba Helen, la rubia secretaria y asistente personal. Al verla acercarse levantó la vista del ordenador.

–¿Ha habido suerte?

Perdita negó con la cabeza.

–Me temo que no.

–¿Y cómo se lo tomó tu padre? –preguntó Helen, suspirando.

–Bien, bien. Creo que se ha resignado.

–Entonces, ahora la única esperanza es Salingers, ¿no?

–Sí.

–Entonces tendrás que encandilar al señor Calhoun.

–No fui capaz de encandilar al gerente del banco –dijo Perdita con tristeza.

Helen esbozó una sonrisa de oreja a oreja.

–A lo mejor no eras su tipo.

Ya en su propio despacho, Perdita soltó el bolso, colgó la chaqueta y se sentó frente al escritorio. Tenía mucho papeleo que hacer, pero no era capaz de concentrarse. Jared ocupaba de nuevo sus pensamientos y no podía dejar de preguntarse cómo habrían terminado las cosas si el taxi no hubiera aparecido en el último momento. Pero no había sido así. Tenía que dejar de pensar en lo peor y ahuyentar a Jared de su cabeza. Sin embargo, era muy fácil decirlo, pero hacerlo era otra cosa. Aquel rostro sombrío y los recuerdos que llevaba consigo no dejaban de atormentarla, una y otra vez. A eso de las cuatro y media, Perdita se rindió. Apenas había podido sacar el trabajo adelante y casi todo estaba por hacer. De pronto sonó el teléfono.

–La secretaria del señor Calhoun quiere hablar contigo. Está en la otra línea.

–Gracias, Helen.

Temiéndose lo peor, Perdita descolgó el auricular.

–Hola. Soy Perdita Boyd.

–Señorita Boyd... –dijo una voz de mujer, suave y eficiente–. Tengo un mensaje para usted. Desafortunadamente, el señor Calhoun tiene que cancelar su cita.

A Perdita se le cayó el alma a los pies.

–¿Se puede saber por qué motivo? –preguntó la joven, tratando de mantener la ecuanimidad.

–El señor Calhoun tiene que viajar a los Estados Unidos mañana a primera hora –le dijo la secretaria en el mismo tono de antes–. Solo puede verla si queda con él en el aeropuerto para el desayuno.

–Sí. Sí. Claro –dijo Perdita rápidamente–. No hay problema.

–En ese caso, si me da su dirección, haré que la recojan mañana a las seis y media.

Perdita le proporcionó la información y le dio las gracias antes de colgar. Sintiéndose como una mujer condenada a la que le han concedido un aplazamiento en el último minuto, llamó a su padre y lo puso al tanto de todo. Después, se puso la chaqueta, agarró el bolso y se dispuso a salir.

Helen también estaba a punto de irse.

–¿Problemas? –le preguntó.

–Solo un cambio de planes, gracias a Dios.

Le explicó brevemente de qué se trataba.

–Podría haber sido mucho peor. Solo espero que no tenga demasiada prisa como para no escucharme.

–Eso espero –dijo Helen–. Bueno, si te marchas ya, voy a cerrar.

–Gracias. Te veo mañana, en algún momento.

La llamada de teléfono la había distraído durante un rato, pero nada más salir de las oficinas, Jared había vuelto a sus pensamientos. Mientras caminaba, los recuerdos del pasado la arrollaban como una avalancha de nieve. Ella había nacido en los Estados Unidos, pero su madre norteamericana había muerto demasiado pronto y su padre se la había llevado consigo a su Inglaterra natal. Después de terminar el colegio, su padre se la había llevado de nuevo a California para que conociera el lugar donde había nacido. Elmer, que tenía una mansión cerca de Silicon Valley, había insistido en que se quedaran con Martin y con él.

Solo llevaba unos días en San José cuando le conoció en una fiesta. Se enamoró de él a primera vista; un amor tan fuerte como el torrente de un río caudaloso en el que se sumergió sin pensárselo dos veces. Desde el primer momento, fueron uno solo. Se complementaban a la perfección y el amor llenaba sus corazones. Eran como almas gemelas. Sin embargo, al final todo resultó ser una mera ilusión. Una mentira... Él era guapo, alto, sombrío... Un hombre carismático que siempre había atraído al sexo opuesto como la miel a las abejas. Pero él apenas les hacía caso y solo parecía tener ojos para ella. No obstante, desde el principio de la relación, Perdita tuvo que luchar contra los celos que la embargaban cuando alguna mujer lo tocaba o le sonreía. Un día se lo dijo.

«No tienes por qué estar celosa, mi amor», le dijo él. «Nunca habrá nadie más para mí».

Deseando creerle desesperadamente, Perdita casi lo consiguió, pero entonces llegó aquella noche nefasta en Las Vegas y la pesadilla empezó. Recordaba muy bien el silencio de él cuando su padre, todavía convaleciente después del ataque al corazón, le había lanzado toda clase de insultos. Un casanova sin corazón... Eso le había llamado, entre otras cosas, y entonces le había dicho que se marchara de la casa de San José. Y también recordaba muy bien como Elmer y Martin, ambos corpulentos y fuertes, lo habían amenazado cuando se había negado a marcharse sin ella. Pero ni siquiera en ese momento, Jared había dicho lo que ella temía que dijera, lo único que hubiera dejado paralizados tanto a su padre como a Elmer y a su hijo.

A lo mejor él esperaba que fuera ella quien lo dijera. Pero no lo hizo.

Y entonces ocurrió lo peor.

Jared era joven y fuerte y más que capaz de defenderse, pero, a pesar del moratón que tenía en la mejilla, y del labio roto, no devolvió ni un solo golpe. No obstante, incluso así, hizo falta toda la fuerza de Elmer y de Martin para echarlo de la casa. Ella, por su parte, contemplaba la escena sin poder reaccionar, llorando desconsoladamente.

«Ven conmigo, Perdita. Ven conmigo...», le decía una y otra vez, pero ella no le había hecho caso.

El golpe final llegó cuando su padre se negó a solventar los problemas financieros de Dangerfield Software. Aquella negativa se produjo en el último minuto, e incumplía el acuerdo que había sido firmado. Jared lo perdió todo, pero siguió intentando recuperarla. Después de muchas semanas de cartas sin respuesta y llamadas perdidas, se presentó en las oficinas de Silicon Valley de Judson Boyd y exigió hablar con ella en privado. Perdita, que aún tenía las heridas abiertas después de su traición, sabía que nada que dijera podría cambiar las cosas, así que le dijo que se fuera. Él, decidido a no rendirse tan fácilmente, le juró que era inocente y le recriminó su falta de confianza. Le dijo que jamás lo había querido de verdad y entonces los ojos de Perdita se llenaron de lágrimas; lágrimas que el orgullo no la dejó derramar.

Con Martin a un lado y su padre al otro, la joven le dijo que estaba perdiendo el tiempo, que no quería volver a verlo. Y después lo echaron del lugar sin contemplaciones.

Las últimas palabras que habían intercambiado, amargas y crudas, habían sido por el teléfono. Cuando se sintió con fuerzas, ella lo llamó para dejarle claro que todo había terminado entre ellos, que quería librarse de él y que su padre y ella se marchaban de los Estados Unidos para siempre.

«No creas que voy a dejarte marchar así como así. Tarde o temprano te encontraré, dondequiera que estés...», le había advertido él.

Con solo pensar en aquella amenaza, Perdita se estremecía de la cabeza a los pies. Habían pasado más de tres años, pero el recuerdo seguía vivo en su memoria. Después de tanto tiempo, él podía haber seguido adelante con su vida. Probablemente estuviera casado. Alguna vez habían hablado del futuro y él siempre le había dicho que quería tener niños, así que quizá tenía una familia. Con un poco de suerte ya tendría su vida hecha y se habría olvidado del pasado.

¿Pero y si no? ¿Y si estaba en Londres por ella? ¿Y si le había seguido la pista hasta Inglaterra?

Al darse cuenta de que sus pensamientos habían llegado demasiado lejos, Perdita trató de borrarlos de su mente. Ya era hora de dejar de pensar en Jared. Tenía que concentrarse en la reunión del día siguiente, probablemente la más importante de toda su vida.

A la mañana siguiente, después de pasar la noche en vela, Perdita se levantó a las cinco y media. Le dolía mucho la cabeza y se sentía como si le hubieran dado una paliza. Se miró en el espejo del cuarto de baño e hizo una mueca. Esa mañana debería haber estado radiante, pero no. Parecía un fantasma, pálida y agotada. El maquillaje tendría que obrar un milagro.

Se dio una ducha, se puso un discreto traje de color gris, se recogió el cabello en un elegante moño y entonces se miró varias veces en el espejo. Su piel siempre estaba impecable, así que no solía necesitar muchos cosméticos. Sin embargo, ese día precisaba algo más. Se puso una base ligera, un poco de brillo en los labios y un toque de colorete. Se aplicó la máscara de pestañas y volvió a mirarse por última vez. Agarró el bolso y se dirigió hacia las escaleras.

—Ha llegado el coche —le dijo Sally.

—Ya voy.

El ama de llaves, que había insistido en levantarse con ella, la esperaba en el vestíbulo.

—Espero que todo salga bien —le dijo, dándole un abrazo—. De verdad que quiero lo mejor para ti —añadió en un tono desconcertante.

—Gracias —le dijo Perdita, devolviéndole el abrazo—. Te llamaré cuando todo haya terminado.

—No estaré en casa. Le prometí a tu padre que iría a desayunar con él. Pensé que así tendría la mente ocu-

pada con otras cosas, o que por lo menos tendría algo
de qué hablar. Espero que no te importe.

–Claro que no. Al contrario. Creo que es una buena
idea.

Fuera hacía otro día espléndido. El aire fresco acariciaba el rostro y el sol lo bañaba todo con sus cálidos
rayos. A esa hora de la mañana la plaza todavía estaba
en calma y en los jardines centrales las gotas de rocío
resplandecían sobre la hierba. Los primeros tulipanes
del verano ya empezaban a asomar.

Había una limusina azul oscuro aparcada junto a la
acera. Un chófer de uniforme la esperaba para abrirle la
puerta.

–Buenos días, señorita.

Perdita le devolvió el saludo, subió al vehículo y se
abrochó el cinturón de seguridad. El tráfico era denso
y el viaje se hacía interminable, así que empezó a preocuparse un poco. Quizá llegara tarde y, si perdía la cita,
las consecuencias serían desastrosas. Con el alma en
vilo, respiró hondo cuando por fin llegaron al aeropuerto. Unos minutos más tarde el coche se detuvo en
una zona que Perdita no reconoció de inmediato. Un joven bien vestido y de pelo claro los esperaba fuera.

–Buenos días, señorita Boyd. Me llamo Richard Dow
y trabajo para Salingers –le dijo con una sonrisa, llevá-
dola hacia el edificio de la terminal–. Me alegro de que
haya podido llegar a tiempo –añadió mientras atravesaban la sala VIP–. El tráfico está cada vez peor.

Sorprendida, Perdita cruzó unas pesadas puertas de
cristal y se dirigió hacia una pequeña pista privada
donde esperaba un jet privado. El rótulo azul y blanco
del aparato relucía a la luz del sol.

–¿No le ha dicho la secretaria del señor Calhoun que
los Salingers suelen desayunar en el avión? –le preguntó
el joven al notar su sorpresa.

–No. No, no me dijo nada. Pero no tiene importancia –dijo Perdita rápidamente–. Es que esperaba... –sus palabras se desvanecieron cuando empezó a subir la escalerilla de acceso.

–Buenos días, señorita Boyd. Me llamo Henry. ¿Me acompaña, por favor?

Bajo de estatura y de constitución ágil, el auxiliar de vuelo la guio hasta una pequeña sala amueblada a todo lujo. La mesa estaba preparada para el desayuno, con mantel de seda, copas del más fino cristal, una botella de champán en hielo y una jarra de zumo de naranja recién exprimido.

Henry retiró una silla y la invitó a sentarse.

–¿Desea una copa de champán o un zumo de naranja mientras espera? ¿O un café quizá?

–Un café. Gracias, Henry –todavía le dolía mucho la cabeza y tenía que mantener la mente clara.

El auxiliar echó un poco de azúcar moreno en una taza, añadió leche, y luego le sirvió el café.

–Si desea cualquier otra cosa, señorita Boyd, solo tiene que tocar la campanilla –le dijo, señalando el artilugio.

Ella le dio las gracias y le vio desaparecer tras una puerta deslizante que daba acceso a la cabina. Algo más relajada, se bebió el café tranquilamente y contempló el lujo que la rodeaba. Había dos cómodos sofás de cuero, varias estanterías con libros, un escritorio forrado en cuero... Salingers trataba bien a sus altos ejecutivos. La moqueta era de primera calidad y en las paredes había dos cuadros originales de Joshua Lorens. Con tanto dinero, no tendrían ningún problema en sacar del abismo a media docena de empresas zozobrantes. Todo lo que tenía que hacer era convencerlos de que compraran J.B. Electronics; hacerles ver que sería una buena inversión a largo plazo... Sumida en sus propios pensamientos, tardó un rato en darse cuenta de que el avión se estaba moviendo, avanzando lentamente por la pista.

Perdita se levantó rápidamente para llamar a Henry, pero entonces se le ocurrió que quizá el piloto estuviera despejando la pista para dejar paso a otro avión. Volvió a sentarse, agarró la taza de café y, justo cuando iba a darle otro sorbo, la puerta se abrió nuevamente. Un hombre muy bien vestido entró en la sala; un hombre alto, apuesto y de espaldas anchas, pelo oscuro, ojos grises... De pronto toda la sangre huyó del rostro de la joven y las manchas de colorete la hicieron parecer un payaso de circo. Dejó caer la taza con gran estruendo y el café se derramó sobre el platito. Mirándole fijamente, sin poder articular palabra alguna, se preguntó si toda la tensión de los últimos días le estaba pasando factura. ¿Acaso era una alucinación?

–Hola, Perdita –dijo él suavemente.

Aunque llevaba más de tres años sin oír su voz, la habría reconocido en cualquier lugar.

–¿Qué estás haciendo aquí? –exclamó ella, con gran esfuerzo.

–Estoy sustituyendo a Sean Calhoun –el tono de Jared era casual, indiferente, casi agradable, pero sus ojos grises la miraban con la frialdad de un témpano de hielo–. Así que si quieres salvar la empresa de tu padre, tendrás que negociar conmigo.

Capítulo 2

PERDITA se puso en pie de un salto, con el corazón desbocado. Casi no podía respirar.

–Yo... –dijo, tartamudeando–. No entiendo nada. ¿Quieres decir que trabajas para los Salingers?

–No exactamente.

–¿Entonces qué está pasando aquí? –le preguntó, casi sin aliento–. ¿Esto es una broma?

–No. En absoluto.

–No te creo. Si no trabajas para los Salingers...

–No trabajo para ellos, pero sí se podría decir que estoy aquí en representación de ellos –le dijo en un tono impasible.

Ella sacudió la cabeza.

–No, no... Aunque tenga que esperar, prefiero tratar con el señor Calhoun. No quiero hablar contigo.

–Me temo que no tienes elección. Como te he dicho antes, si quieres salvar la empresa de tu padre, tendrás que negociar conmigo.

Perdita agarró el bolso y avanzó unos pasos hacia la puerta, tratando de escapar, pero él se interponía en su camino, alto, sombrío, peligroso...

–Quiero irme de aquí –dijo la joven, oyendo el pánico que teñía su voz.

–¿Te rindes tan fácilmente?

–En absoluto –dijo ella–. Contactaré con Salingers. Se lo explicaré todo. Pediré entrevistarme con otra persona.

–Me temo que no servirá de nada.

–¿Y por qué no?

–Porque yo soy el dueño de la empresa.

–¿Tú eres el dueño de Salingers? –exclamó ella con la boca seca.

–Eso es –dijo él, sonriendo un poco al ver su cara de asombro–. Así que te sugiero que te sientes. Hablaremos durante el desayuno, tal y como estaba previsto.

Ella sacudió la cabeza.

–No, quiero irme ahora mismo. No tiene ningún sentido quedarse. Sé muy bien que no tienes intención de ayudar.

–Ahí te equivocas. Estoy seguro de que podríamos llegar a un acuerdo beneficioso para los dos.

Perdita sabía que era una trampa. Estaba segura.

–No. No me fio de ti.

–No puedes permitírtelo –le dijo con sarcasmo–. Sin mi ayuda, J.B. se hundirá, y lo sabes.

Era la verdad, pero ella no podía creer que tuviera voluntad de ayudar. De repente notó que el avión pasaba por encima de unos baches y se dio cuenta de que seguían alejándose de la terminal.

–Quiero irme ahora mismo –repitió, más nerviosa que nunca.

Él no hizo ningún amago de moverse.

–Si no me dejas pasar, tendré que gritar –le dijo, haciendo acopio del coraje que le quedaba y yendo hacia él con decisión.

–Vaya –dijo él sin perder la calma–. Eso no puede ser. Aunque Henry parezca un gigoló, es muy sensible y se asusta con facilidad.

Sabiendo que se estaba riendo de ella, Perdita apretó los dientes.

–Lo digo de verdad... ¿Cómo se encuentra tu padre?

–¿Qué?

–He oído que está convaleciente de una operación de corazón. ¿Crees que podrá soportar tanto estrés?

Pálida como la muerte, la joven siguió mirándole sin decir nada.

–¿Qué te parece si haces lo más sensato y te quedas para hablar conmigo?

–Eso no serviría de nada.

–Tomemos el desayuno y ya veremos.

Mientras hablaba llamaron a la puerta con un golpecito. Henry asomó la cabeza.

–Disculpe, señor, el capitán me ha pedido que le diga que ya tenemos autorización y que despegaremos en menos de un minuto.

–Gracias, Henry.

El hombre se marchó y Jared se volvió hacia Perdita.

–Parece que el desayuno tendrá que esperar hasta que estemos en el aire.

De repente, la mente de la joven reaccionó. En el aire... Aterrorizada, trató de empujarle para pasar por la puerta.

–¡Tengo que salir de aquí antes de que despegue! ¡Tengo que irme!

Él le agarró la muñeca con fuerza.

–Me temo que ya es demasiado tarde.

–¡No, no, tienes que dejarme salir! ¡No puedo irme contigo!

–Una vez más, no tienes elección. La puerta exterior está cerrada y estamos al final de la pista. Tenemos que sentarnos para el despegue.

Mientras trataba de entender lo que acababa de ocurrir, él la condujo hacia la pequeña cabina. El auxiliar de vuelo ya estaba sentado con el cinturón abrochado.

Un momento después el avión comenzó a avanzar por la pista, ganando velocidad. El despegue fue rápido y suave y, en cuestión de segundos, estaban en el aire. Henry se levantó y desapareció tras una cortina.

—No sé qué quieres conseguir con todo esto —dijo Perdita, tratando de recuperar el control de sus erráticos pensamientos.

Jared le puso un dedo sobre los labios, cortándole la respiración.

—Te diré lo que quiero conseguir en cuanto desayunemos, pero mientras tanto, no queremos molestar a Henry.

Le desabrochó el cinturón y también el suyo propio. La agarró del brazo y la condujo hacia la sala posterior.

—No quiero comer nada —dijo ella—. En estas circunstancias, preferiría ir al grano directamente y saber a qué estás jugando.

—Estaré encantado de decírtelo en cuando hayamos desayunado —replicó él con un toque de autoridad.

Mordiéndose el labio inferior, Perdita no tuvo más remedio que volver a sentarse a la mesa. Él la miró un instante y entonces tomó asiento frente a ella. Llevaba unos pantalones beige con una chaqueta hecha a medida, una camisa de seda azul oscuro y una corbata a juego, aflojada en el cuello. Tenía el pelo peinado a un lado, con un estilo muy conservador, pero Perdita sabía que no había nada convencional en Jared. Incapaz de apartar la vista de él, no podía dejar de mirar aquel rostro atractivo. Estaba igual, pero no era el mismo hombre que había conocido años antes. Ya no quedaba ni rastro de aquel muchacho fresco y lleno de vida, y en su lugar había aparecido un hombre duro e implacable. Las arrugas del dolor se dibujaban a ambos lados de su boca. Al encontrarse con aquellos ojos brillantes supo que había una fría determinación en ellos.

Perdita bajó la mirada rápidamente y justo en ese momento apareció el auxiliar de vuelo empujando un carrito lleno de bandejas de plata.

—Gracias, Henry. Nos serviremos nosotros mismos —dijo Jared—. Pero ¿podrías traerle a la señorita Boyd una taza limpia y un platito?

–Por supuesto, señor –el auxiliar de vuelo retiró el plato sucio y lo reemplazó antes de marcharse.

–¿Café? –le preguntó Jared en un tono cortés.

–Por favor –dijo Perdita, sofocando un repentino deseo de echarse a reír como una histérica.

Él llenó las dos tazas y empezó a destapar las bandejas.

–¿Qué quieres? ¿Beicon y huevos? ¿Salchichas? ¿Champiñones?

–Nada, gracias. No tengo apetito.

–Come algo. Estás muy delgada –la miró fijamente–. No vas a resolver nada matándote de hambre y, si no recuerdo mal, te gustaba el beicon con huevos.

Ella permaneció en silencio mientras él le servía una generosa ración de huevos revueltos con beicon. Se sirvió otra ración para él y entonces le clavó la mirada, esperando. Su fuerza de voluntad siempre había sido más poderosa que la de ella, y esa no iba a ser la excepción. Perdita se rindió y agarró los cubiertos. Él esperó a que se hubiera tomado el primer bocado y entonces comenzó a comer. Poco a poco la joven recuperó el apetito y acabó comiéndoselo todo. Jared no hizo ningún comentario, pero le cambió el plato y le puso las tostadas al alcance de la mano.

–La última vez que desayunamos juntos estábamos en Las Vegas –le dijo tras un largo silencio.

Con la vista fija en el plato, Perdita siguió masticando sin inmutarse.

–A lo mejor no lo recuerdas.

Ella lo recordaba muy bien. Había crecido entre algodones, sobreprotegida por su padre. Sin embargo, ese cariño nunca la había hecho sentirse enjaulada... hasta conocer a Jared. Él la había hecho querer extender las alas y echar a volar. Al principio todo fue bien. Su padre hizo buenas migas con él, pero entonces Martin le comentó que Jared tenía muy mala reputación entre las mujeres.

Y así, de la noche a la mañana, John Boyd le dijo a su hija que se olvidara del «joven Dangerfield» para siempre. Ella podría haberse rebelado, pero como su padre acababa de sufrir su primer ataque al corazón, decidió hacerle caso, al menos en apariencia. Durante varios meses, Jared y ella se vieron obligados a verse a escondidas; propiciando encuentros furtivos que los dejaban insatisfechos y tristes. Él le rogó que se casara con él en secreto, pero ella no se atrevió a contrariar a su padre mientras estuviera delicado de salud. Y entonces, mientras Elmer se encontraba en Nueva York en un viaje de negocios, su padre tuvo que ingresar de urgencia en un hospital de Los Ángeles para someterse a unas pruebas. Perdita estaba decidida a decirle la verdad si los resultados eran positivos, pero su padre no la dejó acompañarle al hospital.

«Después de todo, no estaré solo. Martin me acompañará», le había dicho, insistiendo en que se encontraría mucho mejor en casa.

En realidad, ella se alegró de poder quedarse en casa. Así pudo pasar unos cuantos días maravillosos al lado de Jared, pero de repente esa pequeña bocanada de libertad la hizo perder la cabeza y cuando él le sugirió que se fueran a Las Vegas, no pudo decirle que no. El glamour de aquella ciudad rutilante situada en medio del desierto parecía tan romántico entonces... Estaba encantada de estar con el hombre al que amaba, pero no tenía ni idea de cómo iba a terminar todo aquello.

Al revivir aquellos recuerdos amargos, Perdita volvió a la realidad.

¿Por qué había mencionado lo de Las Vegas? Sin duda no podía tratarse de un comentario casual. Jared nunca decía ni hacía nada sin una buena razón, lo cual significaba que no era una buena idea preguntar. Aferrándose a la compostura que le quedaba, se terminó una tostada en silencio y esperó a que él se bebiera el café.

–Bueno, ¿te importaría decirme ahora de qué va todo esto? –le preguntó en cuanto hubo acabado.

–¿Todo el qué?

–Todo... esto.

–¿Te refieres a nuestra reunión? Seguramente ya te...

–No trates de jugar conmigo –dijo ella, furiosa–. Esto estaba planeado desde el principio.

–Es cierto.

–Entonces fuiste tú el que hizo que Salingers contactara con mi padre y le ofreciera una solución a sus problemas financieros, ¿no?

–Exacto.

–¿Por qué?

–¿Y tú qué crees? –le preguntó él en un tono sarcástico.

–Tenías pensado esperar hasta el último minuto antes de retirar la oferta.

–No.

–No te creo... Tu intención era ver cómo se hundía J.B. Electronics.

–¿Y por qué iba a querer eso?

–Venganza.

–Ah... No puedo negar que la venganza es dulce.

–¡Pero después de tres años! Tienes que haber seguido adelante. ¡El pasado, pasado está!

–¿Tú lo has olvidado?

Ella se puso aún más pálida.

–No lo parece –añadió él.

–Aunque las cosas no se olviden –dijo ella, con un argumento desesperado–. Con el tiempo ya no duelen tanto. La rabia se enfría...

–No estoy seguro de eso –aunque su tono de voz era apacible y casi agradable, Perdita comenzó a temblar.

Él sonrió.

–Pero sí estoy seguro de algo. Como dice el viejo adagio, «la venganza es un plato que se sirve frío».

–Entonces yo tenía razón –dijo ella, ahogándose–. Tienes pensado pararte a ver cómo se hunde la empresa de mi padre para después relamerte los labios, ¿no?

–Estás equivocada –habló como si lo dijera en serio.

Perdita lo miró con ojos perplejos.

–¿Entonces qué te traes entre manos? Tiene que haber una razón para... –sus palabras se desvanecieron. Un terrible pensamiento acababa de cruzar su mente.

–¿Para que estés aquí? –terminó de decir él–. Oh, claro. Hay una razón. Más de una, en realidad.

–Bueno, ¿vas a decírmela? ¿O prefieres que la adivine?

–¿De qué crees que se trata? –le preguntó él con falsa curiosidad.

–No lo sé, pero sí sé que no me he equivocado al pensar que buscas venganza.

Él no hizo ningún intento de negarlo.

–Entonces todo esto era una trampa para llevarme al aeropuerto y meterme en el avión, ¿no? Bueno, ¡no va a funcionar!

–Hasta ahora ha funcionado.

–¡Pero esto es un secuestro! Y por si no te habías dado cuenta, es un delito.

Él sonrió.

–¿Cómo va a ser un secuestro? Tú subiste al avión por propia voluntad.

–Pero después quise bajarme y tú me lo impediste.

–Mi querida Perdita, supongo que comprenderás que la gente no se baja de un avión así como así y echa a andar por la pista.

Ella guardó silencio. Era inútil discutir.

–Muy bien –dijo un momento después, respirando hondo–. Hasta ahora tú ganas. Si no vuelvo pronto a la oficina, se preguntarán dónde estoy, y si mi padre no tiene noticias mías dentro de poco, empezará a preocuparse.

–Puedes llamarle cuando quieras. Y también puedes llamar a la oficina, ya puestos.

–¿No vas a tratar de impedírmelo?

–Claro que no. Después de todo... –dijo él en un tono irónico–. No podemos dejar que tu padre se preocupe por ti.

Al oír sus palabras, la joven, que acababa de agarrar el bolso, se quedó de piedra. ¿Qué podía decirle a su padre para que no se llevara un susto de muerte?

–Tal vez sería mejor que habláramos de negocios primero, ¿no? Así podrás convencerme de que merece la pena salvar la empresa, y tendrás algo positivo que decirle.

–Muy bien –dijo ella, sin confiar en él.

–Antes de que empecemos, sería buena idea ponernos un poco más cómodos.

Se puso en pie y la hizo sentarse en uno de los butacones de cuero. Llamó al auxiliar de vuelo para que se llevara las sobras del desayuno y entonces se sentó frente a ella, estirando las piernas con un gesto de autosuficiencia y clavándole la mirada.

Ella no decía nada, así que la invitó a hablar.

–Adelante –le dijo con burla.

Los argumentos y datos que ella había preparado parecían haberse esfumado de su mente y en su lugar solo quedaba un vacío. La joven titubeó.

–¿Por qué no finges que soy Sean Calhoun y me dices por qué debería comprar J.B. Electronics?

Aquellas palabras fueron como un acicate para Perdita. Respiró hondo y le explicó lo que había causado los problemas actuales de la empresa y después describió exactamente lo que hacía falta para estabilizar la corporación y volverla rentable nuevamente.

Él la escuchó sin interrumpir, sin dejar de mirarla a la cara ni un momento. Aquellos ojos tan bellos, de pestañas largas y pupilas insondables la taladraban de lado a lado.

–Tenemos varios proyectos entre manos y una vez estén en marcha, darán muy buenos resultados. En otras palabras, merece la pena salvar la empresa.

–Muy elocuente –dijo él, aplaudiendo–. Pero imagino que el banco se niega a proporcionar otro préstamo o a extender la línea de crédito.

–Eso –reconoció ella, convencida de que él ya se estaba regodeando. La tenía en un puño y sabía que todos sus argumentos eran en vano.

–Como J.B. Electronics es una empresa angloamericana, entiendo que estos problemas no se limitan al Reino Unido, sino que afectan a toda la entidad, ¿no?

–Sí –admitió ella con un suspiro.

Incluso la mansión de Elmer de San José, la casa donde tantas veces se habían hospedado cuando estaban en los Estados Unidos, estaba completamente hipotecada.

–Entonces, para hacerme una idea, ¿cuánto dinero le debe la empresa al banco?

Ella se lo dijo.

–¿Y cuánto les debéis a los proveedores?

También se lo dijo.

–¿Y qué pasa con el personal?

–Hasta ahora hemos podido pagarles.

–¿Cómo?

Preguntándose qué quería decir exactamente, Perdita guardó silencio.

–Supongo que tu casa de Mecklen Square está hipotecada hasta los cimientos, ¿no?

Ella abrió la boca para negarlo, pero entonces la verdad la golpeó como un puño. Eso lo explicaba todo; cosas que su padre no quería discutir, temas que evitaba a toda costa...

La joven miró a Jared con ojos horrorizados.

–Ya veo que no lo sabías –dijo él–. Tu padre te ha enviado a negociar sin contarte toda la verdad. Muy mal –añadió Jared con sorna–. Esto te deja en desventaja.

–¿Y tú cómo sabes tanto? –preguntó ella, cada vez más furiosa.

–Los errores del pasado me han enseñado que es preferible negociar desde una posición de poder, así que me he informado bien.

–Qué bien –dijo ella con ironía.

–Y ahora llegamos al tema de los activos.

Perdita se tomó unos segundos antes de contestar.

–Como ya debes de saber, en este momento la empresa no cuenta con activos viables.

–Umm... –dijo él, deslizando sus delgados dedos sobre su barbilla recién afeitada. La miraba fijamente.

El silencio se hacía interminable, una auténtica tortura para Perdita, que esperaba con los dientes apretados, decidida a no dar ninguna muestra de debilidad. Solo cuando ya no podía aguantar más, él habló por fin.

–Muy bien. Si el informe de mis asesores coincide con lo que me dices, estoy dispuesto a adquirir J.B. Electronics y a poner tanto dinero como haga falta para reflotar la empresa.

Ella soltó el aliento que había estado conteniendo durante todo aquel tiempo. Aquello parecía la respuesta a todas sus plegarias, pero Jared no parecía precisamente un salvador.

«Si suena demasiado bueno como para ser cierto, entonces es que no es cierto», solía decirle su padre.

–Y supongo que para hacer esa clase de inversión querrás estar al frente de la empresa, ¿no? –le preguntó, respirando hondo.

–No.

–¿Entonces qué es lo que quieres?

–Quiero el cincuenta y uno por ciento de las acciones.

–Eso te daría todo el control.

–Legalmente sí, pero no me importaría delegar en tu padre.

Si se hubiera tratado de otra persona, Perdita hubiera accedido, siempre y cuando su padre hubiera estado de acuerdo, pero tratándose de Jared...

–Nunca podría acceder a algo así –le dijo entre dientes.

–¿Y entonces a qué accederías? ¿Cuarenta y cinco? ¿Cincuenta, si fuera realmente necesario?

–Sí –admitió ella–. Pero no más.

–Qué pena. Yo podría salvar J.B. Podría hacerla rentable de nuevo. Pero tú decides, claro.

Perdita sabía que estaba entre la espada y la pared. No podía tomar sola esa clase de decisión.

–Tendré que hablar con mi padre –le dijo.

–Pero no crees que confiará en mí lo bastante como para acceder a darme el cincuenta y uno por ciento, ¿no?

–Sería un loco si hiciera tal cosa.

Jared se rio como si todo fuera muy divertido.

–Bueno, me alegra ver que no has perdido todo tu carácter. Las cosas serán más divertidas así.

Ella se preguntaba qué quería decir con eso cuando le agarró la mano de repente.

–Dado que tú y yo, en el pasado...

Al sentir el tacto de su mano, Perdita sintió que se le contraía el estómago.

–El pasado, pasado está –le dijo ella, apartando la mano bruscamente.

–Bueno, ahí es donde te equivocas. El pasado nos hace lo que somos en el presente.

Perdita sabía que tenía razón y eso le hacía confiar mucho menos en él.

–Pero, como decía, teniendo en cuenta que en el pasado tú y yo éramos... amantes, estoy dispuesto a negociar.

Durante una fracción de segundo, la llama de la esperanza se encendió dentro de Perdita, pero no tardó en apagarse. ¿Por qué iba a negociar sabiendo que tenía la sartén por el mango?

–Parece que no te alegra mucho la idea –le dijo él, sonriendo con ironía.

–No me creo que vayas a ceder ni un milímetro.

–Eso no lo sabrás hasta que lo intentes.

Ella sacudió la cabeza.

–Dado que eres perfectamente consciente de las consecuencias de una negativa, quizá deberías tomarte un minuto para pensarlo.

La joven se mordió el labio inferior.

–No tengo alternativa –admitió, reconociendo la derrota.

–Exacto –dijo él en un tono que intentaba ocultar la alegría de la victoria–. Como las negociaciones llevarán tiempo, tengo una sugerencia que hacer...

Sin dejar de mirarle, Perdita le escuchaba con expectación.

–Sugiero que hables con tu padre y que le digas que aunque el asunto promete, todavía hay mucho que hacer. Sin embargo, mientras las negociaciones estén en marcha, Salingers ofrecerá un paquete de medidas financieras que servirá para pagar sueldos, mantener a raya al banco, y en definitiva para mantener a flote la empresa.

Si la oferta la hubiera hecho cualquier otra persona, Perdita se lo hubiera creído, pero como era Jared quien hacía la propuesta, no podía sino pensar que se trataba de un cebo para hacerla morder el anzuelo.

–También podrías mantenerme fuera de todo esto. Podrías decirle a tu padre que es con Calhoun con quien estás tratando –añadió él, aumentando las sospechas de la joven.

–Pero eso le daría una idea equivocada.

Jared se encogió de hombros.

–Tú decides, claro. Si crees que puede soportarlo, dile la verdad...

Ella buscó el teléfono móvil.

–Una cosa más –añadió él–. Dile que estaré en los Estados Unidos durante los próximos diez días, y que te he invitado a reunirte conmigo allí para las negociaciones.

–No sé qué quieres conseguir con todo esto –dijo ella–. Pero si crees que voy a ir a alguna parte contigo, ¡estás loco!

Él suspiró con dramatismo.

–¡Ah, claro, ya lo sé! –exclamó ella con resentimiento–. No tengo elección.

–Teniendo en cuenta que estamos sobrevolando el océano Atlántico, no tienes elección.

Ella se mordió el labio inferior una vez más.

–Bueno, el tiempo vuela y tu padre debe de estar muy preocupado por ti...

Perdita respiró hondo. Tenía que aparentar toda la calma posible por el bien de su padre. Por el momento no le quedaba otro remedio que seguirle la corriente a Jared, aunque solo fuera por la salud de su padre. Buscó el número de la residencia y apretó el botón de llamada.

Jared se puso en pie.

–Te dejo para que puedas hablar con él.

La joven apretó los dientes al oírle hablar con tanta prepotencia.

John Boyd contestó a la primera.

–¿Perdita?

–Sí.

–Ya estaba empezando a preocuparme. ¿Qué tal ha ido todo? ¿Hay alguna posibilidad de salvar la empresa?

–Sí. Creo que podría haberla.

–¿Y qué quiere Calhoun?

Ella titubeó.

–Empezó pidiendo el cincuenta y uno por ciento de las acciones.

–Justo como pensaba.

–Pero cuando le dije que tú no accederías, me dijo que estaba dispuesto a negociar.

–El problema es que esa clase de negociación podría llevar semanas y no tenemos bastante dinero para mantenernos a flote.

–También nos ha ofrecido una solución para ese problema –Perdita le explicó lo de la inyección de capital con carácter inmediato.

Su padre suspiró, aliviado.

–Dadas las circunstancias, es una oferta muy generosa. Supongo que Salingers sabe que puede hacer lo que quiera con nosotros.

–Sí –dijo ella, asintiendo–. Pero podría ser un arma de doble filo. Contraeríamos una deuda muy grande con ellos.

–Bueno, dadas las circunstancias, no tenemos elección –dijo John en un tono práctico–. Y me alegra mucho que lo hayas hecho tan bien, hija. Siempre supe que podía confiar en ti.

Perdita guardó silencio. El comentario de su padre le había atravesado el alma.

–Míralo de esta manera –añadió John en un tono sarcástico–. Han aplazado la ejecución, así que todavía hay esperanza.

–Claro –dijo ella, tratando de sonar optimista.

Capítulo 3

ENTONCES dónde estás ahora? –preguntó John–. ¿Volviendo a las oficinas?

Después de un momento de pánico, Perdita mintió.

–No. Sigo en el aeropuerto.

–Pero el señor Calhoun se ha ido, ¿no?

–No, todavía no.

–Pensaba que tenía previsto irse pronto.

–Sí, eso iba a hacer en un principio –Perdita trató de sonar tranquila y sosegada–. Pero ha habido un cambio de planes. Tiene que estar en los Estados Unidos durante los próximos diez días, con lo cual necesitaría que las negociaciones cara a cara tuvieran lugar en... –siguió adelante, haciendo acopio de todo el valor que le quedaba–. Me ha sugerido que le acompañe, como su invitada.

–A Nueva York, ¿no?

Aunque ella no lo sabía a ciencia cierta, parecía la respuesta más sensata.

–Sí.

–Y le has dicho que sí, ¿no?

–Bueno, yo...

–No te preocupes por las cosas aquí –dijo su padre, impaciente–. Independientemente de todo esto, no te vendrá mal pasar unos días en Nueva York. Tengo entendido que Salingers tiene un par de suites en las oficinas de la Quinta Avenida. Por lo visto se pueden comparar con el Hotel Plaza.

Ella guardó silencio.

–No te preocupes por nada. Estoy seguro de que Helen podrá estar al frente de todo hasta que regrese Martin. Es más importante llevar a buen puerto estas negociaciones. Imagino que Salingers tiene un avión de empresa.

–Sí. Acabo de desayunar a bordo del jet privado que tienen para sus ejecutivos. Y es muy lujoso también –añadió, aliviada de poder decir la verdad por una vez.

Su padre soltó una carcajada.

–Bueno, por lo menos viajarás con estilo.

Ella titubeó un momento. No sabía muy bien qué decirle.

–Supongo que te traerán a casa un momento para que recojas tu pasaporte y algo de ropa.

De repente, Perdita reparó en ese pequeño detalle. El pasaporte... ¿Cómo era que Jared no se había dado cuenta de que no podía aterrizar en los Estados Unidos sin un pasaporte? Fuera lo que fuera lo que tenía en mente, el plan le había fallado.

La joven casi esbozó una sonrisa triunfal, satisfecha.

–¿Sigues ahí? –le preguntó su padre.

–Sí, sí, sigo aquí.

–Como decía, supongo que te traerán a casa para recoger el pasaporte y algo de ropa.

–Sí, eso es... Pero no tendré mucho tiempo –añadió rápidamente, temiendo que su padre sugiriera que se pasara a verle.

–No lo dudo. Bueno, que tengas buen viaje, cariño, y llámame cuando llegues.

–Lo haré. Cuídate.

Terminó la llamada, temblorosa. Todo había salido mejor de lo que esperaba. Aunque no sabía lo que le deparaba el futuro, por lo menos su padre estaba a salvo por el momento. Y ese pensamiento valía su peso en oro. Haciendo un cálculo rápido, dedujo que en Tokio debía de ser por la tarde, pero no se atrevió a llamar a Martin. Tenía miedo de no ser capaz de seguir con la farsa. Las palabras podían traicionarla en cualquier momento y no quería preocuparle. Después de todo, no había nada que pudiera hacer, así que no tenía ningún sentido llamarle. Y lo mismo pasaba con Helen. Cuando contestó al teléfono, Perdita se armó de valor y le dio la misma versión que le había dado a su padre.

–Parece que hay esperanza –dijo Helen–. Y, hagas lo que hagas, no te preocupes por las cosas aquí. Yo me puedo ocupar de todo. Por cierto, ¿has hablado con Martin?

–Anoche tenía tantas cosas en la cabeza, que olvidé cargar la batería del teléfono –dijo Perdita, feliz de haber encontrado una excusa–. Tengo la batería al mínimo. ¿Puedes llamarle y decirle que me voy a los Estados Unidos con el señor Calhoun? Dile que le llamaré en cuanto pueda.

–Claro que sí. Bueno, que tengas mucha suerte.

–Gracias. La necesito.

Consciente de la verdadera intención de sus propias palabras, Perdita suspiró y terminó la llamada.

Un momento después se abrió la puerta y Jared entró en la estancia, tan vital y poderoso como siempre.

Con solo verlo le dio un vuelco el corazón.

–¿Has hablado con tu padre? –le preguntó con un aire casual y cortés.

–Sí.

–Espero que hayas podido tranquilizarlo.

–Como si eso te importara –dijo ella con ironía.

–Aunque no lo creas, preferiría no tener que cargar con la culpa de su muerte.

–Entonces tengo que decirte que secuestrar a su hija no es una buena idea.

–No sé por qué insistes en llamarlo secuestro. Me estás acompañando en calidad de invitada, aunque no estés muy dispuesta a serlo.

—Los invitados, incluso aquellos que no están dispuestos a serlo, suelen llevarse alguna que otra muda de ropa para cambiarse.

—No te preocupes por eso –dijo él–. Sé que tienes un cuerpo maravilloso, y te prefiero sin ropa.

Perdita se sonrojó hasta la médula.

—Y en California hace mucho calor –añadió él, observándola con prepotencia.

—¡California! –exclamó ella–. ¿Por qué California?

—Porque sigo viviendo allí.

Aquellas palabras la hicieron sentirse como si estuviera en el interior de un ascensor que había descendido demasiado deprisa.

—Después de hacer una parada en Boston para repostar, volaremos hasta San Francisco.

Perdita no fue capaz de ocultar el pánico que sentía.

—¿Adónde creías que íbamos?

—Yo... No sé. Pensaba que íbamos a las oficinas centrales de Salingers, en Nueva York.

—¿Eso le dijiste a tu padre?

—Eso fue lo que él pensó, pero tampoco importa mucho –añadió en un tono de satisfacción–. Vayamos a donde vayamos, no podré bajarme del avión.

—¿En serio? –preguntó él con interés–. ¿Por qué no?

—Porque no puedo aterrizar en los Estados Unidos sin pasaporte –dijo ella en un tono triunfal–. Y me temo que no lo tengo aquí. Me parece que tienes un pequeño problema.

—En realidad no.

—¿Qué quieres decir? ¿Qué tratas de hacer? ¿Quieres que entre ilegal en el país?

—Mi querida Perdita... –le dijo en un tono burlón–. ¿De verdad me crees tan insensato?

Buscó algo en el bolsillo de la chaqueta.

–Tu pasaporte.

Perdita miró el documento que tenía en la mano.

–No puedo negar que es un pasaporte, pero no es el mío. El mío está en mi casa en un cajón de mi escritorio.

–Ahí es donde te equivocas –abrió las páginas y le enseñó la foto.

La joven miró su propia fotografía con ojos perplejos.

–¿Has sido capaz de hacer un pasaporte falso? –exclamó ella cuando recuperó la voz.

–En absoluto. Es auténtico.

–¡No puede ser!

–Te aseguro que sí lo es.

Ella trató de entender lo que quería decir.

–Y además tienes una maleta con todo lo que necesitarás durante las próximas dos semanas.

Perdita lo miró con ojos escépticos. No podía ser cierto. Tenía que estar mintiendo... Pero no; algo en su mirada le decía que aquello no era ninguna broma. De alguna manera se había hecho con su pasaporte. ¿Pero cómo? Incluso aunque hubiera sabido su dirección, no podría haber entrado allí así como así. Alguien debía de haberle ayudado. Esa era la única explicación posible. ¿Pero quién?

Perdita pensó en ello un momento y se dio cuenta de que solo había una persona capaz de haberle ayudado; Sally, la mujer a la que tanto apreciaba, una más de la familia... No. No podía ser cierto. Sally no podría haber hecho algo así. De pronto Perdita recordó la conversación que había tenido con ella esa misma mañana. Parecía tan nerviosa...

«De verdad que quiero lo mejor para ti», le había dicho.

Jared, que la observaba con atención, sonrió.

—Sabía que no te llevaría mucho tiempo averiguarlo todo.

Ella apretó los dientes, cada vez más furiosa.

—¿Y cómo demonios has conseguido que Sally te haga el trabajo sucio?

—Ella no lo ve de esa manera. Realmente cree que está haciendo lo correcto.

—No te creo.

—Pues deberías.

—No entiendo cómo lo has hecho. ¿Cómo has llegado a conocerla...?

—El mundo es un pañuelo. Nos conocimos en California. Su marido y ella vivían allí. Cuando me enteré de que era tu ama de llaves, le pedí ayuda... Al principio se negó. No quería traicionar a tu familia, pero al final, después de que yo se lo contara todo, accedió. Pensó que estaba ayudando a poner las cosas en su sitio.

—¿Qué cosas?

—Errores del pasado.

Perdita dejó el tema y decidió contraatacar desde otro ángulo.

—¿Cómo supiste dónde vivíamos?

—En cuanto salí del hoyo, te seguí la pista. No fue fácil, pero al final descubrí tu paradero, y así me enteré de que el negocio de tu padre tenía problemas. Ideé un plan que podía funcionar, o no. Conocer a tu ama de llaves fue un golpe de suerte inesperado y cuando ella accedió, no sin un poco de reticencia, puse en marcha mi plan.

Jared la miró a la cara. Estaba muy pálida, cansada, desilusionada...

—No culpes a Sally —añadió con un suspiro—. Aunque Martin no le hace mucha gracia, sí que os aprecia mucho a tu padre y a ti.

–¿Y eso lo arregla todo?

–Me dolería mucho si la tomaras con ella –dijo él, esquivando una respuesta directa–. Cree firmemente que está haciendo lo correcto.

–¡Bueno, por supuesto, después de que tú le lavaras el cerebro!

–En absoluto. Es una mujer inteligente, una mujer de principios. Se negó a tomar parte en esto hasta que le demostré que tenía motivos de peso.

–¿Y cómo hiciste eso?

–Simplemente, le dije la verdad.

–¿Y te creyó?

–Me complace decir que demostró mucha más confianza en mí que tú.

Al oír el resentimiento que teñía su voz, Perdita se mordió el labio inferior.

De pronto llamaron a la puerta.

–Disculpe, señor –dijo Henry–. El capitán Benedict desea hablar con usted.

–¿Puede decirle que voy enseguida?

–Por supuesto, señor.

Él se volvió hacia Perdita.

–Pareces agotada –le dijo en un tono de preocupación que se clavó en el corazón de la joven.

–No dormí mucho anoche –le dijo ella en un tono tenso.

–Creo que eso es poco decir. Si quieres echarte un rato, hay un dormitorio justo ahí.

–¿Un dormitorio?

–Ven a verlo.

La condujo al final de la sala. Una puerta daba acceso a un pequeño dormitorio con ducha.

–Como tenemos un largo camino por delante... –le dijo él, señalando una cama mullida integrada en el mueble–. Deberías dormir un rato antes de comer.

Al ver la cama, Perdita recordó aquella habitación de Las Vegas. Allí había compartido cama con Jared; una cama con sábanas de seda color salmón que contrastaba con aquel cuerpo musculoso y masculino.

La joven dio un paso atrás casi sin darse cuenta y entonces le oyó reírse a sus espaldas.

–No te preocupes. No tenía pensado unirme a ti.

Perdita lo miró fijamente. Aunque hubiera un toque de burla en su voz, sus ojos contaban una historia diferente. En aquellas negras pupilas palpitaba una llamarada. Ella recordaba muy bien aquella mirada del pasado, pero en ese momento la hacía sentir un escalofrío.

–A menos que quieras, claro.

–No. ¡No quiero! –exclamó ella.

Él suspiró.

–Qué pena... Ah, bueno, voy a trabajar un poco. Que descanses –esbozando una sonrisa irónica, cerró la puerta tras de sí.

Perdita se quitó el traje y los zapatos y se tumbó bajo la manta. Estaba profundamente cansada, pero sus ojos se resistían a cerrarse. La tensión acumulada era demasiada. Había accedido a la sugerencia de Jared solo para quedarse sola durante un rato. Tenía que pensar, averiguar qué se traía entre manos. Había visto una sed incontrolable en aquellos ojos profundos, una expresión que daba escalofríos, y en ese preciso momento se había dado cuenta de que, aunque la odiara, todavía la deseaba. Pero todo lo demás había cambiado. Ella ya no lo amaba y estaba a punto de casarse con otro hombre. Sin embargo, ¿era eso suficiente para mantenerse a salvo? Sí, tenía que serlo. Jared no era de esa clase de hombres. Él jamás usaría la fuerza para... Con aquel pensamiento, los ojos se le cerraron lentamente.

***

Se despertó al oír unos golpecitos contra la puerta. Se incorporó como impulsada por un resorte, confundida y desorientada.

–¿Quién es?

–Soy Henry, señorita. El señor Dangerfield pensó que querría una taza de café.

–Ah, sí... Sí, gracias –dijo, envolviéndose en la manta.

El auxiliar de vuelo entró en la habitación con una bandeja en las manos.

–Me pidió que le dijera que aterrizaremos en el aeropuerto de Logan en unos veinte minutos para repostar –dijo, mientras colocaba la bandeja sobre la mesita de noche.

–Gracias, Henry.

El auxiliar de vuelo asintió con la cabeza y se retiró sin más.

Perdita trató de quitarse el cabello de la cara. Lo tenía todo revuelto, pero era inútil tratar de ponerlo en su sitio. Se sirvió una taza de café. Si estaban a punto de llegar a Boston, entonces debía de haber dormido muchas horas. Más despierta después de tomar la bebida caliente, se lavó la cara y las manos, y se quitó las horquillas de su maltrecho moño. De pronto se dio cuenta de que había dejado el bolso en la sala principal, y en él tenía el maquillaje y el peine. No podía hacer nada.

En ese preciso instante oyó que llamaban a la puerta del dormitorio.

–Siento apurarte, pero tenemos que sentarnos para el aterrizaje.

–Ya voy –dijo ella, rehaciéndose el moño a duras penas y asegurándolo con algunas horquillas.

Se puso la falda y la chaqueta rápidamente y se dirigió hacia la sala principal. Jared la estaba esperando, fresco, varonil y autosuficiente.

Estaba impecable.

De repente, al verle allí sentado, Perdita sintió que su cuerpo se tensaba como un alambre y que su corazón comenzaba a latir más deprisa.

−¿Te sientes mejor?

−Sí, gracias −dijo ella, consciente de su desaliñado aspecto.

−Tenemos que prepararnos para el aterrizaje.

Cuando aterrizaron en Boston, Perdita buscó el teléfono en el bolso. Sin embargo, aún no sabía muy bien qué decirle a su padre. ¿Acaso debía admitir que habían parado para repostar de camino a San Francisco, o era mejor dejar que siguiera creyendo que se dirigían a las oficinas centrales de Salingers en Nueva York?

Jared la miró de reojo.

−¿Le vas a decir que hemos llegado al aeropuerto de J.F.K. o vas a admitir que estamos en Boston?

−No sé qué decirle −admitió ella, sin saber qué hacer−. ¿Qué...? −se detuvo y se mordió el labio inferior, enojada consigo misma por haber estado a punto de pedirle consejo.

Jared sonrió.

−¿No sería más sencillo dejar que siga creyendo que estás en Nueva York?

−¿Y si trata de contactar conmigo allí?

−Hablaré con la oficina central y pediré que desvíen cualquier llamada suya a California.

Algo más tranquila después de oír su ofrecimiento, Perdita se decidió a llamar. Tenía que tentar el terreno con sumo cuidado.

−Hola, papá, acabamos de aterrizar.

−¿Has tenido un buen viaje?

−Sí. Ya sabes dónde encontrarme si es necesario, pero yo te llamaré.

–¿Has hablado con Martin?

–No directamente. Pero Helen iba a explicarle todo.

–Bueno, no te entretengo. Sé que los próximos días serán duros, pero trata de aprovechar el tiempo si tienes algún rato libre.

–Lo haré –prometió ella–. Y te llamaré tan pronto como tenga alguna novedad. Mientras tanto, cuídate mucho.

Se despidieron y Perdita volvió a guardarse el teléfono en el bolso. Aún tenía miedo de llamar a Martin.

–¿Va todo bien?

–Eso parece. Pero odio tener que mentirle.

–Seguro que es mejor, digamos... confundirle, antes que contarle toda la verdad, ¿no?

–Supongo –dijo ella con un suspiro.

Repostaron rápidamente y en poco más de media hora estaban de nuevo en el aire. Cuando alcanzaron la altitud adecuada, pudieron quitarse los cinturones y regresaron a la sala principal.

–Con los problemas de corazón de tu padre, los problemas financieros de la empresa y toda la tensión del trabajo extra, los últimos meses deben de haber sido muy duros.

–Sí. ¿Por qué lo dices? –le preguntó ella, sin saber adónde quería llegar.

Jared la observó un momento. Los ángulos de su rostro se habían hecho más pronunciados y las mejillas se le habían hundido un poco.

–Porque estás casi famélica, y muy pálida.

–Es que no llevo maquillaje –señaló ella, a la defensiva.

–Antes no solías llevar maquillaje, pero nunca te he visto tan demacrada.

Perdita sintió que aquellas palabras se tensaban alrededor de su cuello como una cuerda.

—En ese caso, debe de haber sido el sol de California.

En ese momento apareció Henry, empujando el carrito de la comida.

—Si no te importa, voy a peinarme un poco antes de comer —dijo ella, agarrando el bolso mientras Henry preparaba la mesa.

—Por supuesto —dijo Jared, que se había puesto en pie, como era usual en él—. No te lo recojas —añadió justo antes de que ella entrara en el dormitorio.

—A Martin le gusta recogido.

—Martin no está aquí —le dijo él en un tono menos amable—. Y yo lo prefiero suelto.

Ya delante del espejo, Perdita se puso mucho maquillaje y, después de desenredarse el cabello, se lo recogió en un moño extraordinariamente tenso y discreto. Se miró por última vez y, satisfecha con el resultado, regresó a la sala principal.

Por desgracia, Henry ya se había marchado.

Al verla, Jared se puso en pie y fue hacia ella con paso decidido. Ella retrocedió unos pasos, sin saber qué iba a hacer, pero entonces, en el último momento, le apartó la silla y la hizo sentarse a la mesa, sin decir ni una sola palabra.

Aliviada, la joven tomó asiento y, justo cuando iba a soltar el aliento, él la agarró de la barbilla y le dio un beso duro y brusco; un beso violento que la hizo echar atrás la cabeza y entreabrir los labios.

Perdita sofocó un gemido y, un segundo después, dejó de sentir sus labios; no así su mano, que seguía sujetándola por el cuello. Temblando por dentro, la joven le observó mientras le quitaba las horquillas una a una y se las guardaba en el bolsillo de la chaqueta. En cuanto le quitó la última, su brillante melena se precipitó sobre sus hombros. Él la observó un instante, tocó uno de sus suaves rizos, y entonces tomó asiento. Un momento después destapó una bandeja humeante y sirvió dos raciones generosas de ensalada de gambas. La comida transcurrió sin más sobresaltos. Jared parecía absorto en sus propios pensamientos y Perdita libraba una batalla interior; su mente estaba llena de preguntas sin respuesta. Cuando Henry retiró la mesa, tomaron una taza de café y fueron a sentarse en los butacones.

El silencio se hacía cada vez más opresivo y Perdita buscaba algo que decir desesperadamente.

–¿Por qué estás pensando en casarte con Judson? –preguntó él de repente–. ¿Lo haces para complacer a tu padre?

–No. Y no estoy pensando en casarme con él. Voy a casarme con él. Ya está todo listo.

–Pero las bodas se pueden cancelar.

–No tengo intención de cancelar nada. Quiero casarme con Martin.

–Si no lo haces por complacer a tu padre, ¿por qué quieres casarte con él? No me digas que estás enamorada de él.

–Estoy enamorada de él.

–No me creo nada.

–¿Cómo puedes saber si le quiero o no? –preguntó ella, irritada.

–Lo que sientes por él no es gran cosa, así que mejor será que lo admitas de una vez.

–Ya que quieres saberlo, ¡estoy locamente enamorada de él!

Jared echó la cabeza hacia atrás y se rio.

–¡Cómo te atreves a reírte de mí! –gritó ella, furiosa.

–Menuda mentira. ¿Cómo no iba a reírme?

–Es la verdad –dijo ella, intentando hacer acopio de dignidad.

Él guardó silencio un momento.

–Si estás tan enamorada de él, ¿cómo es que has tardado tanto tiempo en aceptar su proposición?

Perdita tardó unos segundos en contestar y Jared fue más rápido.

–Dime algo. ¿Es bueno en la cama?

–Eso no es asunto tuyo –dijo ella, indignada.

–A lo mejor es que no dormís juntos –sugirió él en un tono mordaz.

–Por supuesto que sí –dijo ella después de un momento de vacilación.

–¿Dónde?

–¿Qué quieres decir?

–Los dos vivís en la misma casa que tu padre –dijo Jared en un tono paciente–. Debe de ser un poco incómodo.

–En absoluto.

–¿Entonces compartís habitación?

–Claro que sí –Perdita no se dio cuenta de que había caído en la trampa hasta que las palabras salieron de su boca.

–Qué curioso –dijo él en un tono pensativo–. Sally pensaba que teníais habitaciones distintas.

Perdita se quedó sin palabras.

–¿Sin comentarios? –le preguntó él en un tono de burla.

–Que tengamos habitaciones distintas no quiere decir que no nos queramos.

–Yo creo que él te quiere –dijo Jared–. O que te ama a su manera –añadió en un tono de desprecio–. Pero si tú lo quieres tanto como dices, me resulta raro que no compartáis habitación en los tiempos que corren.

Ella abrió la boca para protestar, pero no pudo.

–Y también me parece muy extraño que hayas sentido la necesidad de mentir al respecto.

–Puede que haya mentido respecto a la habitación, pero sí que dormimos juntos.

–Sally parecía pensar lo contrario.

–¿En serio? –dijo Perdita con resentimiento–. ¿Y qué más piensa Sally?

–Ya que me lo preguntas, ella piensa que, aunque Judson esté loco por ti, lo que sientes por él es más bien platónico.

–Y ella lo sabe todo sobre el amor, ¿no?

–¿Y por qué no iba a saberlo? Según tengo entendido, su marido y ella se querían mucho y ella sufrió mucho cuando él murió. Me dijo que gracias a tu padre y a ti ha conseguido seguir adelante.

–¿Me estás diciendo que está enamorada de mi padre?

–¿No te has dado cuenta?

–Ahora que lo dices... –dijo ella lentamente–. Hay algo en ella... cuando están juntos... Hasta donde yo sé, mi padre no ha vuelto a mirar a una mujer desde que murió mi madre, pero quizá sienta algo por Sally.

–¿Y qué te hace pensar eso?

–He visto lo mucho que sonríe cuando ella está cerca, y cuando habla de ella se le ilumina la cara.

–Si se quieren, ¿te molestaría que estuvieran juntos?

Perdita lo pensó un momento.

–Si me lo hubieras preguntado ayer, te hubiera dicho que no me hubiera importado en absoluto, pero ahora... –dijo con sinceridad.

Jared suspiró.

–Esperaba que no le guardaras rencor por lo que hizo.

–Si le guardo rencor o no, no viene al caso. Es mi padre el que tiene la última palabra cuando se entere de todo esto.

–¿Y tiene que saberlo?

Ella vaciló.

–Lo que le digas depende de cómo vayan las negociaciones, ¿no? Quiero decir que, si todo sale bien, ¿no sería mejor ocultarle los detalles más inquietantes, por su salud?

–Ojos que no ven, corazón que no siente, ¿no? –le espetó Perdita en un tono irónico.

–Exacto. Aunque estén muy trillados, los viejos refranes nunca fallan.

Jared intentaba proteger a la mujer que le había tendido una mano, pero también había mucha verdad en lo que decía. Además, si accedía a guardar silencio sobre Sally, a lo mejor sacaba algo a su favor a cambio.

–Si accedo a guardar silencio, ¿empezaremos las negociaciones de inmediato?

–No hay prisa –dijo él en un tono inflexible–. Tengo previsto quedarme en los Estados Unidos durante más de diez días y ya tendremos mucho tiempo para hablar de negocios cuando lleguemos a California.

Esa no era la respuesta que ella buscaba, pero no podía hacer otra cosa que tirar la toalla.

Por el momento...

Capítulo 4

CON LA ESPERANZA de hacerse una idea más clara de lo que iba a encontrarse cuando llegaran a la Costa Oeste, Perdita se armó de valor para hacer unas cuantas preguntas.

–Sigues viviendo en San José, ¿no?

–En realidad no.

–Ah...

–San José me traía demasiados recuerdos amargos.

Al ver como se le ensombrecía el rostro, Perdita sintió que el nudo se tensaba un poco más alrededor de su propio cuello.

–¿Y dónde vives ahora?

–Los negocios los hago en Silicon Valley, pero hace un año y medio me compré un viñedo en Napa Valley.

–¿Y cómo tienes tiempo para cuidar de un viñedo? –preguntó ella, sorprendida.

–No lo tengo. Tengo un encargado excelente que se ocupa del día a día. Normalmente tengo que viajar mucho por mi trabajo. Tengo un hombre de confianza a quien no le importaría viajar en mi lugar, pero hasta hace cosa de un mes, siempre he sentido la necesidad de seguir moviéndome. No obstante, entre viaje y viaje aprovecho para ir a casa y descansar.

Perdita se preguntó cómo era posible que un hombre que estaba en la bancarrota tres años antes hubiera sido capaz de recuperarse tan rápidamente.

–Hace tres años –dijo él, como si le leyera el pensamiento–, cuando estaba a punto de perderlo todo, mi padrino me echó una mano. Él también estaba pasando por momentos difíciles, pero de la noche a la mañana unas acciones que tenía y por las que nadie daba un centavo, subieron hasta valer una fortuna. Se hizo rico en unas pocas horas. Unos seis meses más tarde, cuando murió, me nombró el único beneficiario en el testamento y entonces comencé a levantar esta empresa.

—¿Y qué te hizo dedicarte a la vinicultura? —le preguntó ella, intrigada. Jared había nacido para los negocios y los viñedos no parecían ser su especialidad.

—A mi esposa siempre le ha gustado el campo y quería que viviera en un sitio fresco y saludable. Napa Valley es un lugar precioso, así que me pareció ideal.

El comentario casual de Jared la dejó perpleja. De repente apenas podía respirar.

—¿Estás casado?

—Sí, estoy casado.

Perdita hubiera querido alegrarse, pero en vez de eso se sintió como si acabaran de clavarle un puñal en el corazón. Apretó las manos, incapaz de soportar el dolor, y se clavó las uñas en las palmas.

—Por eso es por lo que últimamente he dejado de viajar. Ahora estoy cerrando negocios importantes. Tengo un equipo muy bueno, así que espero poder delegar en ellos muy pronto, sin dejar de llevar las riendas, por supuesto. Pero por otro lado, quería algo interesante que me mantuviera ocupado en casa, así que un viñedo me pareció ideal.

—¿Tienes hijos?

—No —respondió él—. Aunque espero tenerlos algún día.

Aquellas palabras no hicieron sino aumentar la angustia de la joven. En otra época ella había soñado con ser la madre de sus hijos y ahora... Aquel sueño tierno y maravilloso había muerto el día que había descubierto cómo era él en realidad, así que todo lo que sentía en ese momento no era más que una ilusión, un espejismo.

El hombre del que se había enamorado ya no existía. En realidad, jamás había existido, excepto en su propia imaginación. Sin embargo, no podía dejar de sentir un extraño vacío. ¿Cuánto tiempo llevaba casado? A juzgar por lo que había dicho respecto a los viajes, no debía de llevar mucho tiempo. Al ver que él la observaba fijamente, la joven tomó aliento y siguió adelante.

—¿Cómo se llama tu viñedo?

—Wolf Rock Winery.

—¿Es allí adonde vamos?

—Sí.

—¿Tu esposa está allí ahora?

—No, en este momento no.

Perdita respiró, aliviada.

—Pero llegará muy pronto —añadió él, sin dejar de mirarla.

Aquel rostro tan hermoso estaba triste y demacrado. El maquillaje ocultaba una gran palidez y unas ojeras muy oscuras.

—Parece que no has descansado mucho. Todavía pareces agotada. ¿Por qué no descansas un rato más antes de que lleguemos a San Francisco?

Deseando escapar de allí, Perdita se puso en pie y agarró el bolso para no volver a dejárselo atrás. Tal y como había hecho antes, él la acompañó hasta la puerta de la habitación.

—Le diré a Henry que te lleve un té un rato antes de llegar.

Cuando la puerta se cerró, Perdita se desvistió, se quitó los zapatos y se tumbó en la cama como un autómata. La habitación era confortable, pero ella tenía un frío terrible que provenía de su interior. Estiró la manta y se tapó hasta las orejas.

Estaba a punto de quedarse dormida cuando le sonó el teléfono. Agarró el bolso de un salto y buscó el aparato.

–¿Sí?

–¿Dita? –la voz de Martin sonaba impaciente y aliviada–. Me ha costado mucho trabajo contactar contigo. ¿Qué demonios está pasando?

–¿No te lo dijo Helen?

–No he parado desde que llegué y ella no pudo contactar conmigo. Me dejó un mensaje de texto y lo he leído hace poco. Como no podía contactar contigo directamente, hablé con tu padre. Me dijo que te habías ido a los Estados Unidos con Calhoun y que vais hacia las oficinas centrales de Salingers en Nueva York. Sé que las negociaciones son urgentes, pero no me hace mucha gracia que te vayas sola con un hombre al que apenas conocemos.

Perdita trataba de encontrar algo con que tranquilizarle, pero no tuvo tiempo.

–¿Cómo es el tal Calhoun? –preguntó él–. ¿Está casado?

La pregunta desencadenó una avalancha de emociones, pero la joven hizo un esfuerzo por mantener la calma.

–Sí, está casado. ¿Y cómo va todo en Japón? –preguntó, tratando de cambiar de tema.

–Mucho trabajo, pero con un poco de suerte, habrá valido la pena. El señor Ibaraki quiere... –habló de negocios durante un rato–. ¿Entonces la esposa de Calhoun está con vosotros?

–Tengo entendido que se reunirá con nosotros –esa vez, a Perdita le tembló la voz.

Y Martin se dio cuenta.

–¿Qué sucede? Pareces nerviosa.

–No pasa nada –dijo ella–. Es que estoy cansada. No dormí muy bien anoche y ha sido un viaje muy largo.

–Claro. Y la diferencia horaria no ayuda mucho.

Parecía realmente preocupado por ella.

–Ahora tengo que dejarte –dijo ella, deseando cortar la llamada.

–¿Y por qué tanta prisa?

–Casi no tengo batería. Anoche olvidé cargarla y no me he traído el cargador.

–Entonces te llamaré a las oficinas de Salingers. Mucha suerte con las negociaciones. Espero que puedas llevarte bien con la mujer de Calhoun. Ese tipo de cosas suele ser importante.

–Claro –dijo ella.

–Te quiero.

Incapaz de contestar, Perdita cortó la llamada y dejó caer el móvil en el bolso. Se acurrucó debajo de la manta y dio rienda suelta a todas las lágrimas que había contenido hasta ese momento.

Unos golpecitos en la puerta la hicieron despertar. Debía de haberse quedado profundamente dormida.

–Adelante –dijo Perdita, tapándose con la manta y con el pelo revuelto alrededor de la cara.

Tenía que ser Henry con el té.

–Hora del té –dijo una voz demasiado familiar.

Ella se llevó un gran susto. No era Henry, sino Jared. Llevaba una bandeja con sándwiches y pasteles.

–No tienes por qué mirarme así, horrorizada. No tengo pensado violarte ni nada parecido –le dijo, dejando la bandeja y sentándose al borde de la cama.

–Me alegra oír eso.

Él esbozó una sonrisa.

–Ya veo que no has perdido ese carácter tuyo –se acercó un poco y, ya fuera accidentalmente o a propósito, su cadera le rozó el muslo.

Perdita se encogió instintivamente.

–¿Cómo te sientes ahora? –le preguntó él, casi riéndose al ver su reacción.

–Mucho mejor, gracias –dijo ella, apenas sin aliento.

–Bueno, no lo pareces –comentó él, observando el rastro de las lágrimas que habían surcado sus mejillas–. ¿Por qué has estado llorando?

–Martin me llamó –dijo ella rápidamente, buscando una excusa.

–¿Y suele hacerte llorar cuando llama por teléfono?

–Claro que no –repuso ella con brusquedad–. Pero esta situación no es nada normal y... y lo echo de menos.

–Pareces una adolescente –le dijo Jared en un tono burlón.

–Y tú pareces el demonio sin corazón que eres en realidad.

Él sonrió.

–Tengo que decir que me gustas más con un poco de carácter –replicó él con una chispa en los ojos–. Bueno, ¿qué es lo que le has dicho a tu «amor» exactamente?

Perdita trató de ignorar el sarcasmo.

–No mucho. Ya había hablado con mi padre.

–¿Y?

–No quise preocuparle, así que dejé que siguiera pensando que estaba en Nueva York.

–¿Y no le preocupaba que te hubieras ido con un hombre al que apenas conocéis?

–En realidad sí. Me preguntó si el señor Calhoun estaba casado y si su esposa estaría con él.

–¿Y tú le dijiste...?

–Le dije que sí.

–¿Y con eso se tranquilizó?

–Eso creo.

–Es mejor así. De lo contrario, habría sacado la armadura y la espada para ir en busca de su amada.

–Maldito imbécil sarcástico –le espetó ella.

Jared chasqueó la lengua.

–Bueno, me parece que las señoritas bien educadas no hablan así.

–Si crees...

Él le puso un dedo sobre los labios.

–Dejemos las discusiones para más tarde. Se nos va a enfriar el té –sirvió dos tazas, añadió un poco de leche y le ofreció una.

Perdita se mordió la lengua, furiosa.

Por suerte, alguien llamó a la puerta de repente.

–Siento molestarles, señor, pero el capitán quería hablar con usted antes de aterrizar –dijo Henry desde el otro lado.

–Estaré con él enseguida.

Se terminó la taza, la dejó sobre la mesa y se sacó algo del bolsillo. Las horquillas...

–Creo que esto es tuyo, aunque yo preferiría que no las usaras.

Al ver que esperaba una respuesta, Perdita masculló una de mala gana.

–Muy bien –dijo.

Él se puso en pie.

–Llegaremos a San Francisco en media hora, así que tienes tiempo de sobra para terminarte el té y refrescarte un poco.

El aterrizaje fue tan suave como el despegue y muy pronto estaban bajando por la escalerilla del avión. Henry los seguía con el equipaje y Jared la guiaba hacia el edificio de la terminal. Los empleados del aeropuerto lo conocían muy bien y, como ambos tenían doble nacionalidad, los controles no fueron tan exhaustivos. Perdita albergaba la esperanza de recuperar el pasaporte, pero en un descuido, Jared lo agarró rápidamente y se lo guardó en el bolsillo.

–Cariño, eres tan descuidada... Estará más seguro conmigo –le dijo al verla abrir la boca para protestar.

La joven apretó los dientes y no tuvo más remedio que soportar las sonrisitas de los empleados.

Tomaron el ascensor hasta el aparcamiento subterráneo. Un despampanante deportivo los esperaba cerca de la entrada. Jared accionó el mando a distancia y la ayudó a subir. Mientras tanto, Henry metió los bultos en el maletero. Antes de irse, Jared le dio las gracias al empleado y entonces este se alejó.

Unos momentos después, estaban saliendo de la oscuridad del aparcamiento hacia la cálida luz de un día soleado. El cielo despejado era tan azul como el lapislázuli y el calor húmedo se pegaba a la piel. Hacía más de tres años que Perdita no paseaba por esa parte del mundo, pero todo parecía igual que siempre. Ríos de tráfico, enormes edificios funcionales de cemento y cristal...

—No es el paisaje más bonito del mundo, pero siempre que vuelvo de mis viajes de negocios me hace sentir que vuelvo a casa.

Cuando se incorporaron a la autopista, se dirigieron al norte.

—¿Falta mucho para llegar a Napa Valley? —preguntó ella.

—Un poco, pero creo que merecerá la pena.

La joven lo miró de reojo. El viaje ya había sido muy largo, pero él parecía tan fresco como diez horas antes; vital, en forma, despierto...

De pronto él se dio cuenta de que ella le estaba mirando y levantó una ceja.

—Nunca sé muy bien cuál es la diferencia horaria aquí —dijo ella, intentando desviar su atención.

—California está en la zona horaria del Pacífico. Son ocho horas menos, lo cual quiere decir que en Londres está anocheciendo.

Perdita puso en hora el reloj.

–¿Nunca tienes desfase horario? –preguntó ella, alzando la voz por encima del rugido del viento y del motor.

–Normalmente no. He viajado mucho durante los últimos dos años y no me cuesta mucho adaptarme.

Después de ese breve comentario, ambos guardaron silencio y Perdita sintió un gran alivio al no tener que decir nada. Un rato más tarde, él volvió a mirarla y vio que había cerrado los ojos. Sus largas pestañas le caían sobre las mejillas y delicados mechones rubios danzaban en el viento alrededor de su rostro pálido y exhausto. Parecía tan indefensa y vulnerable...

Cuando se despertó por fin hacía un poco más de fresco. De vez en cuando pasaban por delante de un bar de carretera y entonces atravesaban una ráfaga de olor a fritura y gasolina. Los cables de teléfono dibujaban líneas caprichosas contra el firmamento azul y los insectos se estrellaban sin cesar contra el parabrisas. Perdita no tardó en volver a dormirse y cuando volvió en sí nuevamente, el paisaje había cambiado por completo.

–Como puedes imaginar, ya estamos en Napa Valley. De hecho, acabamos de entrar en Napa. Esta carretera es la de Saint Helena, el camino que lleva a los viñedos.

Perdita se incorporó y miró a su alrededor. Tal y como él había dicho, Napa Valley era un lugar precioso. A ambos lados del camino se divisaban interminables praderas de tierra fértil y la atmósfera estaba cargada del cálido frescor de las plantas y cultivos. Después de pasar Yountville la carretera giró hacia la izquierda, bordeando la formación rocosa de Yountville Hills. Más allá, la plana hondonada del valle, rodeada de colinas empinadas y cubiertas de bosques frondosos, comenzaba a estrecharse un poco, dando paso a los viñedos.

–Wolf Rock está a menos de dos kilómetros –le dijo Jared.

De repente, Perdita se dio cuenta de que por primera

vez desde su reencuentro estaban totalmente solos. Sin embargo, en la casa debía de haber empleados, aunque su esposa no se encontrara allí todavía.

La joven hizo un esfuerzo por mantener la calma, pero no tuvo mucho éxito. Los viejos temores habían vuelto con fuerza. Todo hubiera sido más sencillo si hubiera sabido qué se traía entre manos, a qué clase de juego estaba jugando. Pero los motivos por los que la había secuestrado de esa manera seguían siendo un misterio para ella. Estaba casado, así que no podía tratarse de aquello que tanto había temido en un primer momento. Sin embargo, la verdadera razón aún podía ser terrible. Jared debía de estar fraguando una venganza implacable.

En ese momento el coche giró a la izquierda y se adentró en lo que parecía un camino de uso privado. Después de recorrer unos cuantos metros llegaron hasta un portón de hierro forjado abierto de par en par. Encima del arco se podía leer una inscripción.

Wolf Rock Winery, decían las letras de hierro.

–Ya hemos llegado –dijo Jared, atravesando el portón.

Más adelante detuvo el vehículo frente a una barandilla llena de maceteros con flores que recorría toda la fachada de la enorme mansión. La ayudó a bajar del vehículo, sacó el equipaje del maletero y entró en la casa. Al entrar en el vestíbulo, Perdita miró a su alrededor. La casa, por lo que podía ver, era muy espaciosa y ventilada, con paredes blancas y suelos frescos de losa. No había muchos muebles y la decoración era minimalista. Aparte de algunas plantas, los únicos adornos eran algunos cuadros. Uno de ellos ofrecía una vista maravillosa de una colina cubierta de pintorescas casitas con el mar de fondo. Era la ciudad italiana de Portofino. Jared le había prometido que algún día pasarían allí su luna de miel.

Perdita contempló aquel paisaje maravilloso y trató de tragar por encima del nudo que le atenazaba la garganta. ¿Acaso había llevado allí a su esposa? Apartó la vista, retrocedió un paso y entonces se dio cuenta de que él la miraba fijamente.

–Un lugar precioso –le dijo–. Siempre me ha parecido el sitio ideal para una luna de miel.

–Martin piensa que Italia ya está muy pasada de moda en estos días. Va a llevarme a Dubai de luna de miel.

Jared esbozó una sonrisa irónica.

–Bueno, eso no me parece muy romántico.

Perdita guardó silencio. Algo le decía que no era buena idea desafiarle de nuevo.

Un momento después él señaló un arco situado a un lado.

–Las habitaciones que uso están a ese lado, pero los dormitorios están en este otro lado de la casa.

La condujo a través de otro arco y a lo largo de un amplio corredor.

–Esta es mi habitación –le dijo, abriendo una puerta.

Perdita vio una enorme cama de matrimonio. Toda la estancia estaba decorada en crudo y menta.

Él avanzó hasta la siguiente puerta.

–Y esta es la tuya –le dijo en un tono casual.

Perdita examinó la otra habitación. Era muy espaciosa y en ella predominaba el blanco y el lila. Entre las dos habitaciones había una puerta que las comunicaba, y ambas tenían acceso a la terraza a través de una puerta de cristal.

–No está cerrada, y no tenemos llaves –le dijo él, al ver que ella no dejaba de mirar la puerta comunicante–. Pero si lo prefieres, puedes poner una silla debajo del picaporte.

Ignorando la indirecta, ella miró a su alrededor. Los muebles eran pocos y modernos, pero la cama también era enorme. Cubierta con una colcha blanca y malva, parecía muy confortable y mullida. Las dos ventanas estaban abiertas y la brisa agitaba las cortinas.

–Cuando te hayas refrescado y hayas deshecho la maleta, tomaremos algo de cenar.

–Preferiría irme directamente a la cama –dijo ella, preparándose para una discusión.

–¿Y una taza de té o de café? ¿Una bebida fría, quizá?

Ella sacudió la cabeza.

Jared la miró un instante y al ver el gesto testarudo de su rostro, suspiró para sí. Podía hacerla entrar en razón si quería, pero por el momento prefería tener un poco de tacto.

–El problema es que si te vas directamente a la cama, te despertarás de madrugada. La mejor forma de superar la diferencia horaria es quedarse despierto hasta que sea la hora de dormir aquí. Así el cuerpo se acostumbra más rápido... Pero haz lo que quieras. Si quieres reunirte conmigo para cenar, estaré al final de la terraza, en el otro extremo de la casa.

Perdita respiró aliviada. Había esperado algo más de resistencia. Aunque no quisiera, se dispuso a deshacer la maleta. Sally le había puesto ropa de todo tipo, lencería bonita y una buena selección de accesorios, sin olvidar la cajita de terciopelo que contenía las pocas piezas de joyería que poseía. Tras poner un camisón y una bata de satén color marfil sobre la cama, agarró el neceser de baño y fue a darse una ducha. Después de secarse con unas toallas gruesas y aterciopeladas, se peinó con cuidado y se hizo una trenza. Volvió al dormitorio, se vistió para dormir y fue hacia la ventana. El aire, impregnado de una fragancia exquisita, le acariciaba el rostro con su calidez. En la zona boscosa que estaba más allá del jardín se oía el murmullo de un riachuelo y también el incesante canto de las cigarras. El sol ya casi se había ocultado y sus últimos rayos eran una llamarada de color que iluminaba el horizonte. A Perdita siempre le había parecido un poco triste esa hora del día, pero en ese momento sentía algo mucho peor; un aislamiento desangelado que le quitaba las fuerzas y el ánimo. Suspirando, trató de convencerse de que solo echaba de menos a Martin, pero en el fondo sabía que no había vuelto a pensar en él desde su reencuentro con Jared. Lo que en realidad la tenía desolada era saber que Jared estaba casado. No tendría que haberle importado, pero no podía engañarse a sí misma.

«No seas estúpida», se dijo, enojada consigo misma. Ella había tenido su oportunidad en el pasado, pero no había podido confiar en él. Además, se iba a casar con Martin.

Tocó el anillo de compromiso que llevaba en el dedo como si fuera un talismán; Martin, tan digno de confianza y bueno... Martin la adoraba y la hacía sentirse segura. Sin embargo, nunca había hecho que se le acelerara el corazón. ¿Cómo iba a casarse con un hombre al que no amaba como una mujer debía querer a su futuro esposo? De repente, la sinceridad de aquellas palabras le pareció aplastante. Se sentía tan sola y desorientada....

Normalmente no tenía problema en quedarse sola y muchas veces prefería la soledad, pero en ese momento apenas podía estarse quieta. No tenía un libro para leer, así que lo único que podía hacer era irse a la cama. Pero... Al recordar la advertencia de Jared titubeó un momento. Lo último que quería era despertarse de madrugada con la cabeza llena de pensamientos tumultuosos.

Sin embargo, por mucho que no quisiera ni pensar en ella, sí había otra opción. Podía ir a reunirse con Jared. A lo mejor resultaba ser un error, pero quizá fuera su última oportunidad de estar con él, antes de que su esposa llegara. Ese último pensamiento la hizo decidirse. Se vistió, se miró en el espejo, hizo acopio de valor y echó a andar.

Capítulo 5

TODA la casa estaba en silencio y no había ni rastro del ama de llaves. Perdita avanzaba por el largo pasillo rumbo al extremo más alejado de la mansión. Abrió una puerta y se encontró con un salón muy espacioso decorado con exquisitas antigüedades. Había una alfombra blanca delante del hogar de piedra, un sofá y dos butacones forrados en lino color café. A ambos lados de la chimenea había altísimas estanterías de libros con una pequeña escalera. Un óleo moderno de Marco Abruzzi plasmaba un precioso paisaje de la Toscana. La pared del fondo era completamente de cristal y sus puertas automáticas daban acceso a la terraza. Jared estaba al otro lado, sentado en un butacón con una copa en la mano. De pronto, Perdita supo que había sido un error ir a reunirse con él. Dio un paso atrás y, justo cuando iba a dar media vuelta, él levantó la vista y le sonrió, poniéndose en pie. Perdita tuvo una extraña sensación. Era como si la hubiera estado esperando, como si hubiera sabido que iba a ir a su encuentro.

Apretó un botón y las puertas se abrieron.

—Ven y tómate una copa con nosotros.

Perdita sintió que se le ponían los pelos de punta. ¿Acaso había vuelto ya su mujer?

—Nos harías un gran honor a Sam y a mí si nos obsequiaras con tu presencia.

Entonces su mujer debía de llamarse Samantha... De

repente un enorme perro saltó sobre ella, poniéndole las patas sobre los hombros y lamiéndole la cara. Riéndose, trató de quitárselo de encima, pero era tan grande y pesado, que Jared tuvo que darle una orden enérgica para que se estuviera quieto.

–Bueno, hola, Sam –dijo Perdita, acariciándole la cabeza–. ¿De dónde has salido tú?

–Vive aquí –le dijo Jared–. Aunque se queda con Hilary cuando no estoy en casa. A ella le gusta mucho –añadió en un tono bromista–. Es un cachorro y todavía está aprendiendo, pero ella dice que es el perro más listo que ha visto jamás.

Perdita se rio y entonces el animal le ofreció una de sus enormes patas.

–Parece que le gustas –dijo Jared, sonriendo también–. ¿No es así, Sam?

–Si es verdad que eres tan listo, ¿por qué no hablas por ti mismo? –le preguntó Perdita al perro.

Jared suspiró en broma.

–No sé cómo decírtelo, pero es que es un poco tímido.

Ella soltó una carcajada. Moviendo la cola, Sam la acompañó hasta su dueño y se echó al lado de él. Jared la miraba con interés, sin duda fijándose en su cara lavada y en la trenza que se había hecho para dormir.

–Debo de tener un aspecto horrible –dijo ella, sonrojándose.

–No me había dado cuenta.

Ella hizo ademán de deshacerse la trenza, pero entonces él le agarró las manos y la detuvo.

–Déjalo. Me gusta –le dijo, pensando que era la mujer más encantadora y hermosa que jamás había visto. Le soltó las manos–. ¿Quieres algo de beber?

–Algo fresco, por favor.

A un lado de la terraza había una barra semicircular

con una nevera y una máquina de café, y más allá había una fuente, una barbacoa y una parrilla. Él fue hacia la barra, sacó una jarra de la nevera y le sirvió una bebida fría.

–Pruébalo a ver qué te parece.

Ella le dio un sorbo.

–Umm... Está delicioso.

–Bueno.

Él tomó asiento y se acomodó en la butaca. El silencio que se estableció entre ellos parecía un agradable momento de paz, pero en realidad, la tensión se palpaba en el ambiente.

–Tienes un salón precioso –dijo ella, intentando romper el hielo y gesticulando hacia las puertas de cristal.

–Me alegro de que te guste –dijo él, esbozando una sonrisa burlona.

Ella apretó los dientes y trató de ignorar el sarcasmo.

–Me sorprendió un poco encontrar un hogar.

–Bueno, como sabes, en California no siempre hace buen tiempo y, cuando refresca por las noches, me gusta disfrutar del calor del hogar. Si no recuerdo mal, a ti también te gustaba.

De repente, un recuerdo relampagueó en la mente de Perdita; un recuerdo de los dos, tumbados frente a un hogar encendido mientras él deslizaba las manos sobre su cuerpo desnudo.

Trató de ahuyentar aquella turbadora imagen, pero no pudo. El pulso ya se le había acelerado, y él lo sabía. Rápidamente trató de beber un poco para refrescarse, pero se atragantó con el líquido.

–Vaya –dijo Jared, quitándole el vaso de las manos mientras ella tosía–. Creía que no le había puesto tanto alcohol. ¿O ha sido por algo que he dicho?

–Es que tragué mal –le dijo ella cuando recuperó la voz.

—Ten más cuidado. Te has puesto roja como un tomate.

Mordiéndose los labios, Perdita aceptó el vaso que él le ofrecía y miró a su alrededor intentando disimular. Era evidente que a la mansión de Wolf Rock no le faltaba de nada. Aquel hombre al que su padre le había dicho que nunca llegaría a nada, se había convertido en un multimillonario de éxito. No albergaba muchas esperanzas de que Jared quisiera salvar J.B. Electronics, pero en el fondo se alegraba de que su padre se hubiera equivocado en su predicción. Al pensar en todos los problemas financieros de la empresa y en las consecuencias que estos habían tenido, sin embargo, se estremeció por dentro.

—¿Tienes frío? —le preguntó Jared, al que nunca se le escapaba nada.

—No. No... Se está muy bien aquí. Me ha dado un pequeño escalofrío.

Jared le sirvió otra copa.

—¿Qué te parece Wolf Rock?

—Creo que es un lugar precioso.

—Mañana te enseñaré las bodegas, si quieres.

—Oh, sí —dijo ella, entusiasmada—. Debe de ser fascinante ver cómo hacen el vino.

Como era un tema de conversación seguro, siguió adelante.

—¿Sabes por qué se llama Wolf Rock?

Él señaló hacia unos extensos jardines.

—¿Ves donde el terreno se hace más escarpado? Hay un claro entre los árboles a mitad de la elevación.

—Sí.

—Si ves bien con esta luz, hay una roca enorme que sobresale y su silueta parece la de un lobo de perfil.

—Sí. Sí. Puedo verlo.

Al oír el entusiasmo de su voz, Sam se puso en pie

de un salto, apoyó la cabeza sobre su regazo y la miró
con ojos de miel.

–Vaya, qué tierno es este perrito.

El animal le dio unos empujoncitos en la mano con
su enorme hocico negro.

Ella le respondió con caricias y se rio mientras Sam
gemía con suavidad.

–Te hacían falta mimos –dijo ella, dirigiéndose al
perro.

–Está celoso –dijo Jared–. La historia del lobo no le
hace mucha gracia. Pero podemos entretenerlo con otra
cosa fácilmente.

–¿Cómo?

–Con solo decir la palabra «comida»...

El perro levantó la cabeza y miró a su dueño con
toda atención.

–Todavía come como un cachorro –dijo Jared–.
Siempre tiene hambre... Y hablando de eso, ¿quieres cenar aquí fuera?

–Sí, claro. Si no es mucha molestia para tu ama de
llaves.

–Hilary lo organiza todo. Cuando sabe que voy a venir, me deja hecha la comida y se va a casa con su marido.

–Ah...

–Espero que no te importe que estemos solos –dijo
Jared al ver la inquietud que se dibujaba en la expresión
de su rostro.

–No, ¿por qué iba a importarme? –dijo ella, haciendo
un esfuerzo por hablar con indiferencia–. Después de
todo, eres un hombre casado.

Él guardó silencio un momento.

–Como Sam y tú habéis hecho muy buenas migas,
hay un aseo allí –le dijo, señalando un ala de la casa–.
Por si quieres lavarte las manos antes de cenar.

Perdita dejó el vaso en la mesa y se puso en pie.

—Pensándolo bien, no tengo mucho apetito. Si no te importa, me saltaré la cena y me iré directa a la...

Él se levantó de la butaca.

—Sí que me importa. Por si no lo recuerdas, no me gusta comer solo.

La agarró de la barbilla, le ladeó la cara y, sin darle tiempo para protestar, le dio un beso en los labios.

—Quiero que te quedes.

Los ojos grises de él se encontraron con los de ella, azul cielo, y fue ella quien bajó primero la vista.

—Muy bien —dijo ella.

En cuanto él la soltó, ella dio media vuelta y, temblando de pies a cabeza, huyó hacia el aseo para lavarse la cara y las manos. Cuando regresó, vio que Sam había sido confinado al extremo más alejado de la terraza, donde en ese momento devoraba un plato de comida. La mesa había sido adornada con servilletas de lino, copas de cristal y una vela roja situada en un elegante portavelas de ónix. A un lado había un carrito con una bandeja de quesos, un bol de fruta y varios platos humeantes. Jared sonrió al ver la expresión de su rostro.

—¿Impresionada?

—Mucho. Esperaba algo mucho más informal.

Él le retiró una silla.

—Mucha gente piensa que las comidas al aire libre deben ser más informales, pero Hilary cree que la buena comida requiere cierto estilo.

Ya había atardecido, así que él encendió la vela. Le sirvió una copa de vino blanco y una ración de ensalada de langosta.

—¿Brindamos por que las negociaciones tengan éxito? —dijo, levantando su copa.

—¿Éxito para quién? —preguntó ella.

Él se rio.

–El éxito implica que las dos partes consiguen lo que quieren, ¿no?

Ella lo consideró un momento.

–Todavía no sé lo que quieres tú –dijo ella.

Él la miró fijamente, sin decir nada.

–Creo que ya es hora de que me digas por qué te has tomado tantas molestias para traerme hasta aquí.

–Sugiero que comamos primero y después hablamos –dijo él en un tono impasible–. Sería una pena que la sopa se enfriara.

Al ver que era inútil insistir, Perdita se tragó la impaciencia y se puso a comer. El segundo plato consistió en trucha al horno con almendras y corazones de alcachofa en salsa *vichyssoise*.

Perdita se lo comió todo.

–Tu ama de llaves es una cocinera excelente –le dijo, llena y satisfecha.

–Se lo diré. A ella le encanta saber que la gente disfruta con sus recetas. Ella, al igual que yo, piensa que la buena comida es uno de los placeres de la vida. Bueno, prueba un poco de este queso...

Después de tomar el queso, bebieron un café y luego tomaron una copa de brandy. Perdita, que normalmente bebía muy poco, ya se había tomado dos copas de vino y el alcohol ya empezaba a hacerle efecto. Sin embargo, al probar el licor le supo tan bien, que no pensó que fuera a hacerle nada. No obstante, por si acaso, decidió tomarse el café antes.

–¡Míralo! –exclamó, con la taza en las manos. Sam había corrido hasta ella y se le había parado delante–. Eres un perrito muy listo, pero me temo que no sé lo que quieres.

–Quiere café –dijo Jared.

–No le darás café al perro, ¿verdad?

–No, normalmente no, pero Hilary sí –Jared le acarició las orejas–. No quiere que crezca tanto, pero me parece que ya es demasiado tarde.

Perdita se rio ruidosamente.

–Muy, muy tarde.

–Oh, bueno, supongo que tendré que darle un poquito –dijo Jared en un tono complaciente–. De lo contrario, no nos dejará en paz –le echó un poco de café con leche en su bol y volvió a sentarse, en silencio.

Perdita, sin embargo, estaba decidida a conseguir una respuesta a su pregunta de antes, así que se armó de valor y respiró hondo.

–Ahora que hemos terminado de cenar, ¿serías tan amable de decirme por qué me has traído aquí? Tiene que haber una razón.

Una pequeña sonrisa torció los labios de Jared.

–Yo pensaba que ya te habías convencido de que era por venganza.

–Es que no veo ninguna otra razón.

–Debo decir que así demuestras muy poca imaginación. Hay otras razones igual de interesantes –añadió en un tono ligeramente intimidatorio.

–A lo mejor podrías decirme cuáles son esas razones, ¿no? –dijo ella, intentando ocultar el escalofrío que la recorría de arriba abajo.

–En primer lugar, pensé que ya era hora de tener una segunda oportunidad.

–¿Qué quieres decir con eso?

–Exactamente lo que he dicho.

Ella se mordió el labio inferior y volvió al ataque.

–Pero lo de la segunda oportunidad no es la única razón, ¿no?

–No –la luz de la vela brilló en sus iris grises, tiñéndolos de dorado–. Había otra razón más urgente.

–¿Que es...? –preguntó ella, tratando de ocultar el miedo.

—No podía permitir que te casaras con Judson —le dijo él sin más rodeos.

—¡Permitir que me case con Martin! —exclamó ella, indignada—. No puedes impedírmelo.

—Yo no estaría tan seguro... —se puso en pie—. ¿Más café?

Perdita le observó mientras servía dos tazas más de café. No tenía forma de impedir ese matrimonio. No podía retenerla en los Estados Unidos para siempre.

—¿Nos sentamos en los butacones? —sugirió él, con las tazas en la mano.

Ella accedió. Sam se acomodó enseguida al lado de su amo y Jared comenzó a acariciarle las orejas como si no pasara nada.

—¿Por qué no quieres que me case con Martin? —preguntó Perdita, sin darse por vencida.

Él la miró fijamente.

—Sé que él no te cae bien, pero tiene que haber algo más, ¿no?

—Tienes toda la razón. De hecho, tengo dos buenas razones. Primero, tú no lo amas.

—Sí que lo amo —dijo ella—. Apasionadamente. ¿Pero a ti qué te importa si lo amo o no?

—En realidad, sí me importa mucho.

Perdita estuvo a punto de cuestionarle, pero entonces se lo pensó mejor y pasó a la segunda razón.

—¿Cuál es la segunda razón?

—No es lo bastante bueno para ti.

—Pues déjame decirte que aparte de ser una persona íntegra y leal, es uno de los hombres más agradables y encantadores que jamás he conocido. Es sincero y directo. No hay ni una pizca de maldad en él.

Jared esbozó una sonrisa sarcástica.

—Me temo que te estás engañando a ti misma. Es un tipo astuto y taimado; un mentiroso.

–¿Cómo te atreves a acusarle de esa manera? Eso no es cierto –dijo ella, escandalizada.

–Es cierto.

–No sé qué te hace pensar eso. Martin es incapaz de mentir.

–Ojalá me hubieras defendido a mí así –dijo Jared de repente, con la voz llena de resentimiento.

–Lo hubiera hecho si te lo hubieras merecido –le espetó ella.

Él se puso pálido, como si sus palabras le hubieran golpeado como una piedra, y entonces Perdita deseó no haber dicho nada. Sintió el picor de las lágrimas en los ojos.

–Supongamos que accedo a cancelar la boda. ¿Eso es todo lo que quieres?

–En absoluto –dijo él en un tono implacable.

Aquellas palabras desafortunadas habían obrado un cambio terrible en él. En un abrir y cerrar de ojos se había convertido en un hombre que daba miedo; un ser cruel cuyos pétreos ojos no mostraban ni un atisbo de misericordia. Perdita se estremeció. Si él notaba su miedo, estaba perdida.

–Creo que ya es hora de que dejes de jugar a esos estúpidos juegos conmigo. ¿Por qué no me dices de una vez y en pocas palabras qué es lo que quieres? –le preguntó en un tono más desafiante de lo que hubiera deseado.

–En pocas palabras, te quiero a ti.

Ella se quedó lívida, paralizada. Trataba de convencerse de que había oído mal, pero sabía que no había sido así.

–Parece que te has llevado una gran sorpresa –le dijo él.

–Pero me dijiste que estabas casado.

–Estoy casado.

–Entonces, yo... No... No lo entiendo.

–¿Es que es tan difícil de entender que te quiero a ti?

–¿Me estás pidiendo que comparta cama contigo aun sabiendo que estás casado?

–No te estoy pidiendo nada –dijo él con una expresión fría e implacable–. Te lo estoy diciendo.

–Tiene que ser una broma –dijo ella, temblorosa–. ¿Qué diría tu esposa si...?

De repente, al ver la expresión de su rostro, Perdita cayó en la cuenta. Las palabras se desvanecieron en sus labios y la verdad la golpeó como un puño.

–Ya veo que empiezas a entenderlo –le dijo él en un tono siniestro.

–No querrás decir que yo... –dijo ella con un hilo de voz.

–¿Que todavía eres mi esposa? Eso es exactamente lo que quiero decir.

–¡No anulaste nuestro matrimonio!

–No, no lo hice –declaró él en un tono imperturbable.

Aquello había sido una pequeña locura; un matrimonio de papel mojado celebrado en una pequeña capilla en las afueras de Las Vegas; un matrimonio de mentira que nunca habían consumado.

–Nuestra boda no fue precisamente romántica, pero sí que era legal. Todavía estamos casados –añadió Jared sin contemplaciones.

De repente el corazón de Perdita se aceleró sin remedio. La sangre bombeada retumbaba en sus oídos y apenas podía oír nada. Apenas consciente de lo que estaba pasando, sintió que Jared le quitaba el solitario de platino de Martin.

–Ya es hora de que te quites esto –le dijo.

En realidad, aquel ostentoso anillo nunca había significado tanto para ella como el anillo de oro con una turquesa que Jared le había regalado. Decía que hacía juego con sus ojos.

Pero eso había ocurrido mucho tiempo antes, y desde entonces habían pasado demasiadas cosas, demasiadas... El amor que una vez había creído perfecto se había roto en mil pedazos.

–Le dijiste a Sally que estábamos casados, y por eso accedió a ayudarte.

–Esa es una de las razones.

Poco a poco, la joven comenzó a recuperar el sentido de la realidad y recobró el coraje para hablar.

–No entiendo por qué no anulaste el matrimonio. Nunca fue consumado. Yo te mandé todos los documentos que necesitabas.

–Yo no quería una anulación. Yo quería recuperar a mi esposa.

–Ahora lo entiendo –exclamó ella en un tono más alto de lo normal–. Pero si por un momento piensas que volveré a tu lado por propia voluntad, estás loco.

–Si lo estoy, entonces es culpa tuya. Pero, loco o no, estas son mis condiciones. Si quieres salvar la empresa de tu padre, tendrás que aceptarlas.

–Bueno, si esta es tu idea de una negociación, has perdido el tiempo. No tengo intención de acceder.

–Como siempre, depende de ti –dijo él sin perder la calma–. Pero hay mucho en juego, así que tal vez quieras pensártelo mejor.

Perdita trató de ordenar el torbellino de pensamientos que bullía en su cabeza. No podía ceder. No podía sacrificar su orgullo y su dignidad.

Él guardó silencio, dándole tiempo para pensar; seguro de conseguir su objetivo.

–Y supongo que querrás controlar la mayor parte de la empresa, ¿no? –dijo ella un minuto después.

Él sacudió la cabeza.

–Me conformo con el cincuenta por ciento de las acciones.

–¿Y entonces qué es lo que ofreces exactamente a cambio de tenerme a mí más el cincuenta por ciento? –preguntó ella, intentando sonar sarcástica, pero sin mucho éxito. Le temblaba demasiado la voz.

–En cuanto el acuerdo esté firmado, compraré las acciones a precio de mercado y cancelaré la hipoteca que pesa sobre la casa de tu padre, así como la deuda con los bancos –le dijo en su tono más profesional–. También os facilitaré una inyección de capital –mencionó una cifra que la hizo parpadear–. Y si veo que los proyectos de los que me has hablado merecen la pena, os daré financiación.

–¿Puedes repetirlo? –le dijo Perdita, abrumada ante tanta información.

Él accedió, y lo dijo todo palabra por palabra. La oferta era mucho más generosa de lo que había esperado, y las consecuencias podían ser nefastas si la rechazaba. La empresa que Elmer y su padre habían levantado podía derrumbarse en un abrir y cerrar de ojos. Todos los empleados se quedarían sin trabajo y su padre terminaría en la calle. Pero..., ¿cómo iba a vivir con un hombre al que ya no amaba, un hombre al que temía? Un hombre cuya oscura influencia la había perseguido durante tanto tiempo... Mientras aquellos turbulentos pensamientos desfilaban por su mente, Perdita permanecía inmóvil, con la vista baja, contemplando las manos que tenía entrelazadas sobre su regazo.

–Bueno, ¿has decidido ya? –le preguntó él de repente, interrumpiendo sus cavilaciones.

Ella levantó la cabeza, respiró de forma entrecortada y trató de articular una respuesta.

–No puedo responderte ahora mismo. Necesito tiempo para pensar.

–Muy bien. Te daré veinticuatro horas.

Capítulo 6

PERDITA pasó toda la tarde atrapada en un maremágnum de pensamientos confusos. El sol ya se
había puesto y las primeras estrellas se divisaban
en el firmamento. Los viñedos cercanos danzaban al
ritmo de una suave brisa que propagaba su aroma... Recuerdos de una noche como esa asediaban su memoria.
Había sido mucho, mucho tiempo antes, en San José;
una noche estrellada, romántica... Tras decirle a su padre que se iba a quedar en casa de una amiga, se había
escapado de una fiesta para ir a ver a Jared. Mientras
cenaban en el patio de su casa, él la había sorprendido
sacando un anillo y pidiéndole que se casara con él.

Con el corazón rebosante de felicidad, ella había
aceptado, con la condición de que mantuvieran el compromiso en secreto durante un tiempo. Hasta ese momento, a causa de la oposición de su padre, su relación,
aunque apasionada, se había visto reducida a un puñado
de besos y caricias. Iban a estar juntos cuando su padre
se mejorara, o eso se decían a sí mismos. Desde su primer encuentro, Jared siempre había respetado su inocencia, pero aquella noche, mientras se columpiaban
suavemente el uno junto al otro, había sido ella quien
había tomado la iniciativa; tantas ganas tenía de ser
suya en todos los sentidos de la palabra... Le había de-
sabrochado la camisa y había deslizado las yemas de
los dedos sobre su pecho musculoso, buscando los pequeños pezones y deleitándose con el fino vello que le

cubría la piel. Al sentirle responder, había empezado a desabrocharle el cinturón del pantalón, pero entonces él le había agarrado las manos y se las había apartado.

–Espero que sepas lo que estás haciendo –le había dicho, en un tono serio, pero cariñoso.

–Te estoy excitando –dijo ella en un tono desafiante–. O más bien, lo estoy intentando.

–Pues lo estás consiguiendo –le advirtió él–. Así que a menos que estés dispuesta a asumir las consecuencias...

–Sí, por favor –dijo ella en un susurro, levantando el rostro para recibir un beso.

Tomados de la mano habían entrado en la casa y aquella había sido la noche más maravillosa de toda su vida; la noche en que la niña que era se había hecho una mujer.

Al día siguiente por la mañana, él le había dado una vieja cadena de oro con un relicario en el que se podía guardar el anillo.

–Ahora podrás llevarlo junto al corazón hasta que podamos decírselo al mundo –le había dicho, poniéndole la cadena.

También le había dicho que siempre la amaría y le había prometido que nunca la engañaría. Y ella le había creído.

Idiota. De repente, la amargura y el resentimiento volvieron con la fuerza de antes, recordándole por qué no podía volver con él.

–Si no te importa –dijo rápidamente, poniéndose en pie–, me gustaría irme a la cama –añadió, impaciente por salir de allí.

Él frunció el ceño un poco, como si pudiera leerle el pensamiento.

–Ha sido un día muy largo, así que yo también me voy a la cama.

Ella se puso tensa.

—Vamos, Sam —dijo él, dando media vuelta y chasqueando los dedos en la dirección del perro—. Es hora de irse a la cama.

En cuanto entraron en la casa, él bloqueó las puertas de cristal y metió a Sam en la cocina. Después la acompañó al dormitorio.

—Buenas noches, Perdita. Que duermas bien —le dijo desde la puerta.

—Buenas noches —contestó ella en voz baja y, justo cuando iba a dar media vuelta, él la agarró de la barbilla y le dio un beso furtivo en los labios. Antes de que pudiera reaccionar, él ya había dado media vuelta, y ella se quedó allí, como una estatua, escuchando los pasos que se alejaban... El ruido de una puerta al cerrarse la hizo volver a la realidad. Cerró la puerta tras de sí y se apoyó contra ella. Si la hubiera tomado en sus brazos... Pero no lo había hecho...

Perdita se despertó en una habitación extraña iluminada por la luz del sol. Durante unos segundos su mente permaneció en blanco y entonces todo volvió de repente; un aluvión de recuerdos de la noche anterior. Seguía siendo la esposa de Jared, al menos en el papel, y en cuestión de unas horas tendría que decidir si estaba dispuesta a volver con él. Cada músculo de su cuerpo se puso tenso y un pánico atroz se apoderó de ella. Se levantó de la cama rápidamente, cerró las cortinas para ocultar el sol y miró el reloj. Era casi mediodía. Se dio una ducha, se puso un vestido camisero en blanco y azul y unas sandalias, se cepilló su largo cabello y se hizo un moño informal. Tenía intención de salir por la terraza de la casa, pero la puerta de cristal no se deslizaba, así que no tuvo más remedio que abrirse camino por los pasillos de la casa en silencio. No había ni rastro del ama de llaves, pero todo estaba impecable y había ramos de flores frescas en los jarrones, así que la señora debía de haber estado muy ocupada. Al final de un pasillo había una puerta abierta. Perdita fue hacia ella y salió al aire libre. Desde ese punto de la casa, la terraza ofrecía una maravillosa vista, bucólica y campestre. Las interminables hileras de viñedos crecían a la luz del sol y un helicóptero pulverizaba agua sobre ellos. Mientras caminaba por la terraza, Perdita notó un apetecible olor a beicon y café recién hecho.

Junto a la piscina y bajo una enredadera de parra, había una mesa blanca con una jarra de zumo de naranja, una bandeja con bollos, mantequilla, una selección de conservas, varios platos cubiertos y una cafetera. Sam fue hacia ella y le dio una de sus patas antes de volver a su puesto junto a la mesa. Jared estaba en el agua, haciéndose unos largos sin aparentar esfuerzo alguno. Al llegar al otro extremo de la piscina se dio la vuelta y entonces la vio. Salió del agua con un movimiento ágil, se quitó el agua de los ojos y caminó hacia ella con una sonrisa desafiante en los labios.

Estaba totalmente desnudo.

Perdita sintió que una llamarada de fuego le recorría el cuerpo, pero no pudo apartar la vista. El estómago se le hizo un nudo. El sol hacía resplandecer su tersa piel y miles de gotas de agua la hacían brillar aún más. Su espalda ancha, caderas estrechas y atléticas extremidades le daban una belleza clásica que Perdita siempre había encontrado digna de dioses.

—Buenos días, ¿has dormido bien?

Perdita se obligó a respirar y mintió.

—Muy bien, gracias —dijo, evitando mirarle—. Desayuno junto a la piscina, ¿eh?

—Por supuesto. Ahora estás en la soleada California

–la miró de arriba abajo–. Aunque, para poder disfrutar de ella, deberías quitarte algo de ropa.

Perdita le miró con nerviosismo.

Él se rio al ver su reacción.

–Me refería a un bikini, por ejemplo.

–No he tenido bikini, o bañador, desde que me fui de California.

–Bueno, después de desayunar, podemos resolver ese pequeño problema. Todo lo que necesitas es un poco de sol para quitarte esa palidez invernal –agarró una toalla, se la anudó alrededor de la cintura y fue hacia la mesa.

La hizo sentarse en una de las sillas y se puso frente a ella.

–¿Zumo?

–Por favor –probó el zumo, que estaba delicioso, frío y dulce–. Umm.... No sé por qué, pero sabe mucho mejor que el de Londres.

–A lo mejor es porque, a diferencia de California, en Londres no crecen naranjas –le dijo él, sonriendo.

–Puede que tengas razón –dijo ella, devolviéndole la sonrisa.

–Deberías sonreír más a menudo. Te sienta bien –dijo él de pronto.

–Es que últimamente no he tenido muchos motivos para sonreír.

Cuando se terminaron los vasos de zumo, él le sirvió un poco de beicon, huevos revueltos y bollos, y después le sirvió una taza de café. Perdita le observaba con disimulo y cada vez le era más difícil respirar. Aquellos músculos vigorosos, su pelo húmedo, la espalda ancha... Estaba tan increíblemente sexy, que no podía dejar de mirarle. Pero había algo más allá de su belleza. Mientras examinaba su hermoso rostro, se dio cuenta de que conocía aquellos rasgos como la palma de su mano. Era Jared, el hombre que una vez la había hecho descubrir el placer de amar, aquel que era capaz de leerle la mente, el que la había hecho dejar de ser una niña consentida y mimada para convertirla en una mujer equilibrada y capaz de pensar por sí misma.

¿Capaz de pensar por sí misma? Quizá los últimos tres años de su vida no eran precisamente un ejemplo de independencia. Todavía seguía el camino que le marcaba su padre y dejaba que él ejerciera influencia en todos los aspectos de su vida. Si se hubiera casado con Martin, este hubiera tomado el relevo de su padre.

De repente se dio cuenta de que Jared había dicho algo que no había oído. Turbada, levantó la vista.

–Lo siento. ¿Has dicho algo?

–Decía que tenemos que ir a comprar ese bikini. Voy a darme una ducha. Ahora vengo.

–No necesito un bikini. De verdad que no.

–¿Prefieres bañarte desnuda?

Perdita le miró con una expresión de horror.

–Entonces sí que necesitas uno –añadió él–. O algún tipo de traje de baño. Dame diez minutos e iremos a Napa.

–Pero me prometiste que me llevarías a dar un paseo por las bodegas –dijo ella, esperando ser capaz de persuadirle–. Preferiría hacer eso.

–No te preocupes. Podemos hacer las dos cosas.

Cuando volvió, menos de diez minutos después, se había puesto unos pantalones de una tela ligera y una camisa de seda color azul oscuro. Llevaba un bote de protección solar y unas gafas en la mano.

–No estás acostumbrada a esta clase de sol –le dijo, dándoselos–. Creo que vas a necesitarlos.

Por un momento, Perdita creyó ver al viejo Jared de antes, tan considerado y atento.

–Gracias –dijo ella, verdaderamente agradecida.

Cuando se volvieron hacia la casa, Sam se puso en pie y trató de seguirlos.

–No. Tú te quedas aquí con Hilary –dijo Jared en un tono firme–. La última vez que te llevé en coche no dejaste de ladrar.

–Supongo que sería toda una experiencia para él –dijo Perdita.

–Ya lo creo –repuso Jared–. Pero a mí no me hizo mucha gracia.

Napa era un pueblo pequeño y acogedor, soleado y pintoresco, lleno de cafés con terraza y tiendas con encanto. Jared aparcó a la sombra de un árbol y la condujo hacia una pequeña boutique cuyos escaparates exhibían diseños exclusivos.

–Creo que encontrarás algo aquí.

Después de estar expuesta al intenso resplandor del sol de mediodía, Perdita encontró el interior muy oscuro y le llevó unos segundos acostumbrarse a la penumbra. Una mujer impecablemente maquillada y teñida de rojo intenso se les acercó y evaluó el poder adquisitivo de Jared con una sola mirada.

–¿Puedo ayudarles?

–Quisiéramos ver trajes de baño.

La mujer, que claramente debía de ser la encargada, le hizo señas a una joven empleada. La chica, que no le había quitado la vista de encima a Jared desde su llegada, se acercó rápidamente con una sonrisa en los labios.

–Mi esposa querría ver algunos trajes de baño.

Perdita sintió un pequeño pellizco de placer cuando vio la expresión de decepción que cruzaba el rostro de la muchacha. Después de preguntarle qué talla tenía, sacó una selección de bikinis con estampados exóticos y coloridos, tan diminutos que apenas tapaban nada.

–Usted tiene un tipo estupendo, así que todos le sentarán bien –le dijo, desviando la mirada hacia Jared de vez en cuando.

Perdita miraba de reojo aquellos jirones de tela, sin parecer muy convencida.

–Creo que ella busca algo más de ese estilo –dijo Jared rápidamente, señalando un llamativo traje de baño de una pieza en color blanco que estaba en un expositor.

–Es un Paul Gregor que nos acaba de llegar –le dijo la chica–. Y con un poco de suerte, será de la talla adecuada.

Aunque parecía algo más discreto, el diseño del traje era atrevido, y enseñaba casi tanto como los bikinis.

–No creo que... –empezó a decir Perdita, pero Jared la interrumpió, dirigiéndose directamente a la empleada.

–Entonces nos lo llevamos –dijo, sacando la cartera.

–Si insistes en llevártelo, lo pago con mi tarjeta de crédito. No quiero que lo pagues –replicó Perdita, que no quería que se gastara dinero en ella.

–Cariño... –dijo él con una chispa en los ojos. Le levantó la barbilla y le dio un tórrido beso–. Sabes que me gusta mucho comprarle ropa a mi esposa.

Sonrojada hasta la médula, Perdita guardó silencio. La empleada le envolvió el traje de baño y Jared pagó con su tarjeta.

–Gracias –dijo, devolviéndole la sonrisa a la chica.

De repente, al verla derretirse bajo la mirada de Jared, Perdita sintió una punzada de algo que se parecía mucho a los celos.

No. No podía estar celosa de la empleada de una tienda.

–¿Quieres dar un pequeño paseo en coche antes de ir a ver las bodegas? –le preguntó él al subir al vehículo.

Ella vaciló un momento antes de contestar.

–Sí. Me gustaría.

Una ligera brisa le agitaba el cabello y soltaba pequeños mechones que chocaban contra sus mejillas abrasadas. Se dirigieron hacia el norte y Jared condujo por Saint Helena y por Rutherford, señalando todas las cosas de interés. Cuando llegaron al pueblo turístico de Calistoga, se detuvieron junto a un pequeño café con terraza al aire libre.

–Me gusta mucho este lugar –dijo Perdita, mirando a su alrededor desde debajo de una sombrilla–. Es interesante y acogedor.

–Creo que toda la zona merece una visita más larga –dijo Jared–. A menos de dos kilómetros está el Faithful Geyser de California. Entra en erupción cada cuarenta minutos más o menos y escupe un chorro que llega a muchos metros de altura.

–Me encantaría verlo –dijo Perdita con entusiasmo, olvidando la razón por la que estaba allí.

–Bueno, el final del otoño es una buena época para venir. Hay menos turistas.

Otoño. Hablaba como si esperara que ella se quedara hasta entonces, como si esperara que se quedara para siempre...

Perdita guardó silencio.

Volvieron al coche y se dirigieron a las bodegas de Wolf Rock. Cuando llegaron a la entrada, atravesaron unos portones de hierro forjado y Jared detuvo el coche junto a la zona de recepción y ventas. Por algún motivo, Perdita esperaba encontrar edificios modernos y a la última, y por eso se llevó una gran sorpresa al ver que el estilo de las construcciones estaba más cerca de un *château* francés. Sin embargo, por todas partes había jóvenes californianos en vaqueros y chanclas.

Aquel extraño contraste la hizo sonreír.

Después de ver lo más destacado, salieron por la entrada trasera. Desde allí se divisaba el edificio principal de las bodegas, parcialmente oculto por unos viejos castaños. Una vez dentro, Perdita vio que si bien los edificios de recepción tenían ese aire antiguo, las bodegas estaban dotadas con la última tecnología. Todos los trabajadores parecían agradables y joviales, y Jared saludaba a muchos de ellos por su nombre de pila. Después de una visita fascinante a las salas de fermentación, con sus contenedores enormes y brillantes de acero inoxidable, Jared la llevó al laboratorio. Un hombre alto y de semblante amistoso fue a recibirlos. Llevaba una bata blanca y unas gafas sin montura.

—Hola, qué bien que has vuelto –dijo con alegría.

—Hola, Don. Y yo me alegro de estar de vuelta –contestó Jared.

—El otro día, Estelle me decía que ya era hora de que volvieras a casa.

—¿Cómo está tu esposa? –le preguntó Jared.

—Muy bien, gracias.

—¿Cuándo llega el bebé?

—Dentro de seis semanas.

—Entonces hay que preparar pronto la fiesta.

—Lo estoy deseando –dijo Don con entusiasmo.

Jared rodeó la cintura de Perdita con el brazo y la hizo dar un paso adelante.

—Cariño, te presento a Don Macy, mi enólogo principal y mi mano derecha. Don, esta es mi esposa.

—Encantado, señora Dangerfield –dijo Don, visiblemente sorprendido.

Perdita sintió que el estómago se le hacía un nudo. Nunca antes la habían llamado «señora Dangerfield».

—Un placer –dijo a duras penas y estrechó la mano del enólogo.

—No sabía que estabas casado –comentó Don–. Supongo que debo darte la enhorabuena.

–Sí, supongo que sí –dijo Jared, agarrando a Perdita y atrayéndola hacia sí.

Al sentir como se tensaba bajo sus manos, la soltó y cambió de tema.

–¿Y qué resultados has obtenido con el último proyecto?

–Muy buenos, aunque no promete tanto como Sunset Flight.

Los dos hombres hablaron de vinos durante unos segundos y después la llevaron a conocer el laboratorio, con todos sus rincones llenos de aparatos extraordinarios. Perdita hizo algunas preguntas inteligentes y Don, que se sentía halagado por su interés en algo que para él era el trabajo más gratificante del mundo, se deshizo en explicaciones y detalles.

–¿Nos vamos? –le preguntó Jared un rato después.

Ella asintió.

–Sí, si quieres.

Después de darle las gracias a Don, regresaron al coche.

–¿No te aburría toda esa charla técnica? –le preguntó Jared al ponerse frente al volante.

–En absoluto –dijo ella con franqueza–. En realidad me gustaría saber más sobre todo el proceso de elaboración y fermentación del vino.

–Bueno, estaré encantado de traerte cuando quieras, aunque verás que uno de los momentos más memorables es cuando la uva está recién recogida y los camiones la están descargando.

Una vez más, parecía que estaba dando por hecho que ella estaría allí para verlo.

–¿Por qué no vas a darte un chapuzón mientras aparco el coche en el garaje? –le dijo Jared al llegar a la casa.

Ella empezó a salir del vehículo.

–No olvides el traje de baño –añadió él–. A lo mejor quieres ponértelo –dijo en un tono irónico.

Decidida a ignorar su comentario, Perdita agarró la bolsa y se fue hacia su habitación. Nada más entrar arrojó el paquete sobre la cama con indiferencia y se fue a dar una ducha. No estaba dispuesta a seguirle el juego, así que escogió un vestido ligero con un estampado en colores marinos. Sin embargo, mientras se lo ponía, comenzó a mirar la bolsa de reojo. La curiosidad la picaba, así que sacó el bañador y se lo probó. El tejido era suave y aterciopelado, y se ceñía a sus curvas como un guante. Era un auténtico lujo sentirlo sobre la piel, pero... ¿cómo le quedaría?

Se miró en el espejo y entonces tuvo que contener el aliento. La mujer que la miraba desde el otro lado del cristal era tan esbelta como una sílfide, con curvas insinuantes, pechos turgentes, cintura estrecha y caderas redondeadas y generosas. ¿Era ella aquella maravillosa criatura? Apenas podía creerlo. De repente, vio algo por el rabillo del ojo. La puerta que comunicaba las dos habitaciones estaba abierta y Jared se hallaba en el umbral, recién duchado y vestido, con el pelo húmedo y una mirada penetrante.

–¿Qué estás haciendo aquí? –le preguntó Perdita, dándose la vuelta bruscamente.

–Estaba contemplando una visión –le dijo, atravesándola con la mirada–. La última vez que te vi eras una chiquilla encantadora, pero ahora eres una mujer extraordinariamente hermosa.

Extrañamente conmovida por aquellas palabras, Perdita buscó refugio en la rabia.

–¿Cómo te atreves a entrar sin siquiera llamar?

–Sí que he llamado. Pero estabas demasiado distraída.

Ella bajó la vista.

–Nos han servido unas bebidas en la terraza –añadió él–. Y me gustaría que me acompañaras.

–Voy a quitarme esto y...

–¿Por qué no te lo dejas? Podemos nadar un poco antes de cenar –dio media vuelta y cerró la puerta.

Con manos temblorosas, la joven se quitó el traje de baño, lo arrojó dentro de la bolsa y volvió a ponerse el vestido estampado en azul. Estaba a punto de recogerse el pelo tal y como le gustaba a Martin, pero entonces recordó como Jared se lo había soltado. Con el corazón henchido de algo inefable y confuso, se lo dejó alrededor del rostro y se dirigió hacia la terraza por el silencioso pasillo.

Sam corrió a recibirla con alegría.

–Cualquiera diría que llevas años sin verme.

–Ya veo que al final no te has animado –dijo Jared, mirando su ropa.

–Pensé que mejor debía taparme un poco. Ya he tomado suficiente sol por hoy.

–Entonces deberías sentarte aquí a la sombra –dijo él, sabiendo que se trataba de una simple excusa.

En cuanto ella se sentó en un butacón, él orientó la sombrilla hasta protegerla de los rayos del sol. La joven levantó la vista para darle las gracias y entonces él le acarició el cabello. Le agarró un mechón de pelo y lo enroscó alrededor de un dedo.

–Me alegra ver que no te lo has recogido –le dijo en un tono profundo–. Bueno, ¿qué quieres beber? –añadió, con entusiasmo–. ¿Un Martini? ¿Un Gin Tonic? ¿Un cóctel de frutas?

–Un cóctel, por favor.

Mientras tomaban los refrigerios, vieron como se ocultaba el sol detrás del horizonte y entonces todo se volvió oscuro. El silencio se alargaba y el crepúsculo llevaba consigo las frescas fragancias del jardín. Una estrella solitaria brillaba en el firmamento y el fantasma de una luna creciente se insinuaba por encima de los árboles, anunciando otra maravillosa noche de verano.

Pero Perdita no era capaz de disfrutar de ella. En el pasado el silencio era íntimo y cálido cuando estaba con Jared, pero en ese momento era todo lo contrario. Desde que la había tocado estaba intranquila y nerviosa. Quería romper el silencio, pero no sabía qué decir.

De pronto, divisó la carretera por la que habían regresado después de la visita a las bodegas. Dos hileras de luces dibujaban su zigzagueante contorno como un collar de perlas.

—El vino que mencionó Don Macy, Sunset Flight, ¿era...?

—Eso es. Me sorprende que recuerdes el nombre.

—Es un nombre muy bonito, pero nunca lo había oído.

—No, no podrías haberlo oído. Es un nuevo vino rosado que estamos lanzando ahora. Don, que es un romántico empedernido, le puso el nombre. Las uvas son de una nueva variedad con la que estamos experimentando. La idea es producir algo muy especial. Hemos intentado mezclarlas con otras variedades y Don ha invertido mucho tiempo y esfuerzo en el proyecto. Si consigue las proporciones adecuadas, entonces tendremos un vino de primera. Yo creo que ya lo hemos conseguido, de hecho —le dijo en un tono distendido y amigable que logró disipar la tensión que atenazaba a Perdita—. Tengo una botella en frío, lista para beber, así que cuando quieras cenar, puedes probar un poco y decirme qué te parece.

—Si quieres, cenamos ya.

—Muy bien. Le voy a dar la cena a Sam y después cenamos nosotros.

Cenar.

Mientras le observaba dar de comer al perro, Perdita se dio cuenta de que muy pronto las veinticuatro horas llegarían a su fin y él querría una respuesta que ella no estaba lista para dar.

Todavía no.

Si aceptaba, entonces se sometería a él una vez más, pero si rehusaba, entonces estaría condenando a su padre.

Cuando Jared la condujo a la mesa, se vio asediada por un pensamiento aún más alarmante. Si finalmente se veía obligada a aceptar, ¿cuándo la querría en su cama?

Capítulo 7

CUANDO Jared quitó la tapa protectora de la mesa, Perdita vio que aparte de cubiertos y servilletas, había una vela, un precioso centro de mesa lleno de flores y un apetecible entrante de marisco y salmón ahumado. El plato principal esperaba humeante en un carrito.

—Parece como si fuera una ocasión especial. Una celebración —dijo ella.

—Lo es.

Ella guardó silencio, esperando que le diera alguna explicación, pero él simplemente le retiró una silla y la hizo sentarse. Después encendió la vela, y la luz oscilante y misteriosa de la llama transformó su bello rostro en una máscara enigmática, destacando algunos de sus rasgos y ocultando en sombras los menos prominentes. Tras tomar asiento frente a ella, abrió una botella de vino y le sirvió una copa. La etiqueta de la botella tenía la silueta negra de un pájaro que se alzaba en vuelo hacia un cielo dorado. Perdita levantó su copa y olió el caldo antes de probarlo. El vino era fresco y seco, y tenía un sabor delicado que se hacía muy agradable y suave al paladar.

—Es un vino muy característico —le dijo, bebiendo un sorbo—. Aunque es muy suave, te deja un sabor de boca muy peculiar. No recuerdo haber probado nada parecido.

—Estoy de acuerdo en que es muy diferente. por eso es por lo que quería saber tu opinión.

–Creo que es excelente –dijo ella con sinceridad.

–Don cree que podría hacerle la competencia al champán rosado. Es perfecto para bodas, cumpleaños y celebraciones en general.

–Pues tiene razón –dijo ella, saboreando el caldo.

–Y es por eso por lo que es ideal para esta noche. Rellenó la copa de Perdita y se sirvió otra para él.

–Por nosotros –dijo, levantándola.

Perdita vaciló un momento.

–Por nosotros –dijo finalmente –bebió un sorbo–. ¿Y por qué es una ocasión especial? ¿Qué estamos celebrando?

Él esbozó una sonrisa irónica.

–Pensaba que ya lo habías adivinado.

Perdita lo negó con la cabeza, pero no tardó en darse cuenta de que en realidad sí que lo sabía. Por supuesto que lo sabía. Temblando por dentro, esperó a tener segura la voz.

–¿No crees que la celebración es un poco prematura, sobre todo porque aún no te he dado una respuesta? A lo mejor digo que no.

Una chispa se encendió en los ojos de Jared.

–Espero que no. Pero, en cualquier caso, te equivocas. Pensaba que lo recordarías. Hoy es nuestro tercer aniversario.

Un escalofrío recorrió las entrañas de la joven. Sí que lo recordaba. Siempre que llegaba el nueve de junio se pasaba la noche en vela, huyendo de los recuerdos.

–Y como esta es la primera vez que vamos a pasarlo juntos, hay que celebrarlo. Bueno, ¿empezamos antes de que se enfríen estas maravillas culinarias que ha preparado Hilary?

El entrante, delicioso y ligero, fue seguido de unos filetes de pollo rellenos de ostras ahumadas con guarnición de patatas *baby*, guisantes y salsa bechamel.

Después de deleitarse con una exquisita tarta de frambuesa para el postre, Perdita se relajó con un suspiro.

–¿Queso? –le preguntó Jared.

Ella sacudió la cabeza.

–No. Solo café, por favor.

Él fue a preparárselo y ella fue a sentarse en una de las tumbonas que estaban junto a la piscina. Lejos de la luz de la vela, todo estaba muy oscuro. La piscina era un charco negro e insondable y en la colina las siluetas de los árboles dibujaban caprichosas formas contra el cielo nocturno.

Jared apretó un interruptor y de repente todo se iluminó.

–Bueno, ¿te has decidido ya, Perdita? –le preguntó al regresar con el café en la mano.

Ella sacudió la cabeza.

–N... No. Tienes que esperar un poco.

–Teniendo en cuenta la situación, creo que ya he esperado suficiente. Las veinticuatro horas ya han terminado y me gustaría tener una respuesta.

–No puedo dártela –dijo ella, desesperada–. No puedo. No he tenido tiempo suficiente para pensar.

–¿Y qué hay que pensar? Sabes muy bien que no tienes elección.

–Sí que la tengo –dijo ella, insistiendo–. Siempre podría decir que no.

–¿Estás dispuesta a ver cómo tu padre se arruina y lo pierde todo?

Ella guardó silencio.

–Eso creía yo –dijo él en un tono ligeramente triunfal–. En su estado, cualquier disgusto podría matarle, y estoy seguro de que no quieres cargar con eso sobre tu conciencia.

–Tú sí que no tienes conciencia –dijo ella de pronto, contraatacando.

Jared sacudió la cabeza.

—Te equivocas. Es mi suegro, y no querría ser el culpable de su muerte. Sin embargo, como sé lo mucho que lo quieres, sé que no le pondrás en peligro siempre que esté en tu mano. Además, no solo sería tu padre quien se llevaría un disgusto. También está tu antiguo prometido y su padre.

Acorralada, Perdita trató de buscar una salida.

—Ni mi padre, ni Elmer, ni Martin querrían que me sacrificara.

—Qué dramático —dijo Jared con sorna.

—Ríete todo lo que quieras —dijo ella—. Pero si realmente piensas que volveré a tu lado y que fingiré que te quiero, estás muy equivocado.

Por un instante, el rostro de Jared se transfiguró como si le hubieran dado una bofetada en la cara.

—No me estás entendiendo bien. No quiero que finjas que me quieres...

Ella lo miraba con ojos perplejos. Su tono de voz, frío y gélido, le daba escalofríos.

—No me importa lo que sientas por mí. Solo te quiero en mi cama. Quiero que estés disponible para mí con solo chasquear los dedos.

—Yo tenía razón —dijo ella, temblando—. Estás loco.

—Entonces prefiero estar loco teniéndote a mi lado.

—Nu-nunca funcionaría —dijo ella—. Si todavía me quieres...

—No...

Aquella negación la golpeó directamente en el corazón. Se había estado engañando a sí misma, imaginando que él sentía algo más que lujuria por ella.

—Esto es algo puramente físico —dijo él, prosiguiendo—. Una especie de enfermedad, una obsesión, un capricho...Llámalo como quieras. Pero, lo llames como lo llames, necesito que vuelvas para curarme, y estoy dispuesto a hacer lo que sea necesario para conseguirlo. Por suerte, soy lo bastante rico para...

–¿Comprarme? –dijo ella, cada vez más furiosa.

–Iba a decir «salvar la empresa de tu padre», pero si prefieres decirlo así...

–Eso es lo que es en realidad.

–¿Entonces la respuesta es «no»?

Después de un momento, Perdita contestó con resentimiento.

–Sabes perfectamente que la respuesta tiene que ser «sí».

–No te desesperes tanto. No te estoy pidiendo que hagas nada que no hayas hecho antes, y de muy buena gana, tengo que decir.

Perdita montó en cólera y sus mejillas enrojecieron.

–Eso era diferente.

–¿De qué forma?

–Entonces te quería.

Él se rio con desdén y sarcasmo.

–Puede que estuvieras enamorada del amor, pero no de mí. Si realmente me hubieras querido, habrías confiado en mí. Hubieras estado dispuesta a escucharme y a creerme cuando te dije que era inocente. Pero en lugar de eso, diste por hecho que, como te habías ausentado en nuestra noche de bodas, había buscado una sustituta o que le había pagado a una fulana.

–¿Y cómo iba a creerte cuando...? –ella se detuvo y se mordió el labio inferior–. Oh, ¿qué sentido tiene volver a pasar por todo esto?

–Ninguno, siempre y cuando sigas teniendo la mente cerrada; siempre y cuando te niegues a admitir que pudo haber otra explicación distinta para lo que viste.

–No veo cómo puede haber otra explicación.

–Puede haberla y la hay.

–Quisiera creerte.

–Bueno, me creas o no, como eres mi esposa, llevo tres años esperando este momento y te quiero en mi cama esta noche.

Ella se estremeció.

–Quiero sentir tu cuerpo a mi lado y quiero oír tus gemidos mientras te mueves debajo de mí. Quiero hacerte el amor hasta que me supliques y hasta satisfacer mi deseo.

El corazón de Perdita empezó a latir sin control. Un torrente de calor corría por sus venas y se le acumulaba bajo el vientre.

–¿Te gusta la idea? –le preguntó él de repente en un tono burlón y cruel.

–En absoluto –dijo ella–. Me repugna.

–Puede que tu mente no quiera que estés en mis brazos, desnuda y vulnerable, pero creo que a tu cuerpo le encanta la idea.

Perdita sabía muy bien que tenía razón, pero no podía darle esa satisfacción.

–¿Cuánto tiempo querrías que estuviera contigo? –le preguntó, armándose de valor.

–¿En mi cama? Todo el tiempo que necesite para desintoxicarme de ti.

–¿Y después qué? –preguntó ella con un hilo de voz.

Él se encogió de hombros como si aquello no tuviera importancia.

–Cuando haya terminado contigo, Judson puede hacer lo que quiera contigo.

Ella se encogió al oír aquellas palabras crueles y deliberadas.

–Si todavía quiere las sobras, claro.

–¿Y por qué no? –le preguntó ella, furiosa–. Tú pareces empeñado en quedarte con las sobras de él.

–Dudo mucho que él y tú hayáis sido amantes alguna vez –le dijo Jared con toda calma–. O a lo mejor te respetaba demasiado como para intentarlo siquiera, ¿no? –le preguntó en un tono mordaz.

–No digas estupideces.

–¿Y entonces cómo es que pudiste mantenerle a raya?

–Yo no hice nada semejante.

–¿O es que su incapacidad para despertar tu interés terminó por sofocar su deseo? –dijo él, sin darle tregua.

En cuanto oyó sus palabras, Perdita se dio cuenta de que eran ciertas. Estaba tan agradecida por el comedimiento de Martin, que apenas se había preguntado por qué se contenía tanto.

–Me parece que he puesto el dedo en la llaga –dijo Jared, mirándola–. Entonces, si realmente no lo quieres y no te hace sentir nada, ¿por qué decidiste casarte con él?

–Sí que lo quiero y sí que me hace sentir.

Jared la miró con ojos escépticos.

–¿De verdad crees que Martin ha pasado tres años esperando por mí sin tener relaciones?

–¿Y por qué no? Yo lo he hecho –dijo él de repente.

Perdita lo miró boquiabierta, incapaz de creer lo que acababa de oír.

–Pero, para contestar a tu pregunta, la principal razón por la que decidí casarme con Martin es que estaba segura de que podía confiar en él.

Aquellas palabras alcanzaron su objetivo. El rostro de Jared se ensombreció y un gesto de dolor transformó su expresión.

–Si realmente crees eso, ¿por qué te llevó tanto tiempo decidirte a casarte con él?

–Ya cometí un error, y no quería cometer otro.

–¿Y no se te ocurrió pensar que podía ser un error casarte con Judson?

–No. Como he dicho, sabía que podía confiar en él.

–¿En serio? Bueno, para contestar a tu pregunta, no. No creo que Judson haya pasado tres años célibe esperando por ti. En realidad, sé que no lo ha hecho.

–¿Qué quieres decir? –preguntó ella, cada vez más tensa.

–Es muy discreto, pero tiene una amante.

–No te creo.

–Pues deberías. Es una rubia con muchas curvas. Se llama Jackie Long y tiene un piso en Olds Court, Fulham. Judson se lo paga. Va a visitarla con mucha frecuencia.

–Puede que lo haya hecho en el pasado, pero estoy segura de que no lo ha hecho desde que anunciamos nuestro compromiso –dijo Perdita, desesperada.

–Me temo que te equivocas. Ha seguido visitando a su amante muy a menudo. Pasó un par de horas con ella antes de irse a Japón.

–¡Estás mintiendo! –dijo ella, ahogándose. Sin embargo, en el fondo, algo le decía que era cierto.

Aunque nunca había sentido más que afecto por Martin, saber que le había sido infiel era como una bofetada en la cara. Ella había creído en él incondicionalmente y jamás había sospechado que pudiera tener otra mujer.

Pero quizá todo era culpa suya. Si hubiera accedido antes a casarse con él...

–Una esposa, sobre todo una como tú, puede no ser suficiente para algunos hombres –dijo él, leyéndole el pensamiento–. ¿Por qué te sorprende tanto? A menos que le creyeras un santo, ¿no?

Perdita guardaba silencio, dándole la razón.

–Si es así, debe de haber sido un duro golpe descubrir que no es de piedra, después de todo...

De pronto, toda la rabia que sentía encontró una salida y la joven arremetió contra Jared.

–¡Tú sí que eres todo un ejemplo de moral! –le espetó–. Puede que Martin no sea perfecto, pero nunca se habría llevado a otra mujer a la cama en su noche de bodas.

Jared se puso muy serio, pero en unos segundos su rostro recuperó el sarcasmo insolente.

–Yo tampoco lo habría hecho. No quiero juzgar a nadie. Sé por experiencia que tres años es mucho tiempo, pero después de todo lo que tuvo que hacer para conseguirte me parece... Un imbécil por no saber controlarse y por no estar dispuesto a esperar. Tú eres una mujer apasionada, así que no puedo descartar la posibilidad de que haya habido otros hombres en tu vida antes de que te comprometieras con Judson.

–Pues claro que hubo otros –dijo ella, deseando herirle–. Muchos –añadió, sin mucho efecto.

Jared esbozó una sonrisa feroz.

–Permíteme que lo dude... Hay algo en ti, una inocencia, que me hace esperar que no hayas estado con nadie desde que me dejaste. Y si me equivoco, entonces tendré que hacerte mía de nuevo para que no recuerdes su nombre siquiera.

Perdita se puso en pie, caminó hasta el extremo de la terraza y miró hacia el vacío. Sus palabras la quemaban por dentro. Podía haber sido terrible, si él todavía la hubiera amado. Pero no era así. Solo iba a ser su juguetito personal...

Si aceptaba...

–No te preocupes. No será todo malo.

La voz de Jared la sacó de sus pensamientos. Estaba justo detrás de ella y podía sentir su aliento en la nuca. Intentó apartarse, pero él la agarró de la cintura y la atrajo hacia sí.

Sus labios le acariciaban un lado del cuello, haciéndola estremecerse.

–¿Estás lista para irte a la cama?

–No. No estoy cansada –dijo ella, mintiendo.

–No estaba pensando en dormir. Preferiría que no estuvieras cansada –le dijo en un susurro, dulce y sutil.

Perdita apretó los dientes y trató de ganar tiempo.

–Hace una noche tan agradable, que me gustaría quedarme aquí un rato.

–Muy bien –la tomó de la mano y la condujo hasta la tumbona más cercana. Se recostó y la estrechó entre sus brazos.

El tacto de aquel cuerpo musculoso le impedía respirar y hacía latir con fuerza su corazón. Sabiendo que era inútil luchar y que solo conseguiría excitarle aún más, se quedó quieta, sin resistirse, intentando distanciarse de lo que estaba ocurriendo, con la mirada fija en las luces que se reflejaban en la negra superficie de la piscina. Sin embargo, después de un rato, la tensión cedió por fin y no tuvo más remedio que relajarse contra él.

–Mucho mejor así –dijo él, apartándole el pelo de la cara y besándola en el cuello. Temblando, Perdita trató de ignorarle, pero no fue capaz. Todas las terminaciones nerviosas de su cuerpo habían despertado con aquella caricia. Se retorció contra él, rozándose sin querer, y él respondió acariciándole un pezón y sintiendo como se endurecía bajo las yemas de sus dedos. Ella sintió una repentina oleada de calor que se propagaba por todo su cuerpo y, avergonzada de haberse delatado tan fácilmente, se zafó de él y se puso en pie.

Él se levantó con ella.

–¿Quieres irte a la cama? –le preguntó, agarrándola de la cintura.

–No... –dijo ella, intentando buscar una excusa para retrasar el momento más temido–. Lo que me gustaría es nadar un poco.

–Adelante.

–Iré...

–No tienes que ponerte el bañador –le dijo él, interrumpiéndola–. Las zonas exteriores son privadas y están bien protegidas, incluso de día. Hay toallas y albornoces en los vestuarios.

Ella vaciló un instante.

–No olvides que te he visto desnuda muchas veces. Sin embargo, si te incomoda, te prometo que no miraré. Pero antes déjame acostar a Sam. Si no, querrá bañarse contigo.

Una vez dentro del vestuario, Perdita se quitó la ropa y se envolvió en una de las toallas. Salió al exterior y, al no ver a Jared, dejó la toalla en una tumbona y se metió en el agua por la escalerilla. La temperatura del agua era fresca y agradable; una caricia de seda en la piel. Después de hacerse un par de largos, se puso a flotar bocarriba y contempló el firmamento. El cielo era un manto de terciopelo negro cubierto de estrellas que casi se podían agarrar con la mano. Cuando se cansó nadó hasta el borde y, a punto de salir, se dio cuenta de que Jared había regresado, así que en lugar de salir, siguió nadando hasta agotarse. Al final no tuvo más remedio que dirigirse de nuevo a la escalerilla, pero estaba tan cansada, que tuvo que hacer un gran esfuerzo. Jared se acercó y le tendió una mano.

–¿Cansada?

–Un poco –admitió ella.

Él buscó la toalla y la envolvió en ella.

–En ese caso... –la tomó de la mano y la condujo al jacuzzi.

Una pared de piedra hasta la cintura lo separaba de la casa, pero el frente estaba abierto y debía de ofrecer una agradable vista de los jardines.

–Esto es lo que necesitas –le dijo él, quitándole la toalla de los hombros.

Un escalón con forma de herradura le daba la vuelta a la bañera, sirviendo de asiento. Perdita se metió en el agua caliente y se sentó sobre él, sumergiéndose hasta los hombros.

–¿Te importa si me meto? –le preguntó Jared cuando ya empezaba a sentirse cómoda dentro de la corriente de agua caliente.

Ella contuvo el aliento y guardó silencio.

Él se quitó la ropa y un momento después estaba sentado a su lado, demasiado cerca...

–Estás tan tensa como un arco. ¿Por qué no te relajas un poco y dejas que el agua haga efecto?

Perdita hizo un esfuerzo por seguir su consejo. Las últimas cuarenta y ocho horas habían sido una locura y al final le habían pasado factura.

Poco a poco consiguió disfrutar del vapor de agua. Los chorros le masajeaban los músculos y la relajaban por dentro y por fuera. Cerró los ojos y se dejó llevar.

De repente se sobresaltó al sentir unos labios sobre los suyos.

–No quería despertarte, pero deberíamos entrar.

Ella se incorporó demasiado rápido y, de no haber sido por Jared, que la sujetó con fuerza, hubiera resbalado sobre el escalón.

–Cuidado. Todavía estás medio dormida.

Sujetándola por la cintura, la ayudó a subir los escalones, agarró una toalla y entonces se volvió hacia ella.

–No me toques –dijo ella, retrocediendo.

–¿Qué pasa? –preguntó él, sorprendido.

Perdita temía que la tocara, porque si lo hacía, no sería capaz de rechazarle.

–No quiero que me toques.

Él guardó silencio y, aunque su rostro no delataba emoción alguna, ella sabía que lo había hecho enojar.

A lo mejor si lo enfadaba lo suficiente, la dejaría en paz, por el momento, al menos.

—Me he acostumbrado a que Martin me toque –le dijo, provocándolo.

Jared levantó una ceja en un gesto de incredulidad, así que ella siguió adelante.

—Puede que no sea ningún santo, pero, aunque no lo creas, siempre me ha dado lo que necesito.

—No te preocupes. Estoy seguro de que yo también puedo hacerlo –le dijo él con voz de seda.

—Lo dudo mucho –dijo ella, desafiante–. En cualquier caso, no me gusta que me manosee un hombre al que no amo.

Al ver la expresión de su rostro, Perdita se dio cuenta de que no solo había logrado hacerle enfadar, sino que también le había hecho dudar respecto a lo que sentía por Martin.

—Aunque prefieras la compañía de Judson, de ahora en adelante tendrás que conformarte conmigo –le dijo en un tono frío e impasible.

La hizo darse la vuelta y entonces le secó el pelo con la toalla. Aquellas manos firmes la tocaban con sutileza, despertando cada célula de su cuerpo. Después le secó el cuello, los hombros, los pechos...

—¿Recuerdas la última vez que estuvimos en un jacuzzi? Después bebimos vino tinto e hicimos el amor bajo las estrellas... –le susurró al oído.

Perdita lo recordaba muy bien. Recordaba como se habían tumbado en el balancín y habían hecho el amor como nunca lo habían hecho antes. Aquel había sido uno de los momentos más hermosos de toda su vida...

Por más que intentó resistirse a los recuerdos, su cuerpo se volvió pesado y se dejó arrastrar por la pasión de la memoria. Un calor abrasador la recorría por dentro y lo único que deseaba en ese momento era volverse hacia él, rodearle el cuello con ambas manos y rendirse a sus caricias.

No quería hacerlo, pero no podía evitarlo. Los recuerdos eran demasiado intensos. Era imposible ocultar lo que sentía.

Y él lo sabía.

La hizo volverse hacia él y empezó a besarla suavemente, en las sienes, en los párpados, a lo largo del cuello, en la base de la garganta... Ella esperaba impaciente a que llegara a sus pechos. Los pezones le ardían de deseo.

Un momento después llegó a su destino y empezó a mordisquearla, jugando con la punta y retorciéndola con la lengua. Ella se estremecía y poco a poco empezó a gemir. Él deslizó las manos sobre su cintura, siguió por el abdomen y llegó hasta el centro de su feminidad, cubierto de rizos pálidos y sedosos. La joven contuvo la respiración, pero no fue capaz de hacerle parar.

De repente él se detuvo.

—¿Quieres que pare, Perdita? —le susurró.

Ella sacudió la cabeza.

—Antes me dijiste que no querías que te manoseara un hombre al que no amabas.

—No lo decía en serio.

—¿Entonces quieres que siga adelante?

—Sí.

—¿Seguro?

—Por favor, por favor, Jared —le dijo, suplicante y desesperada, ardiendo en deseo.

—¿Acaso tu amante no te hace sentir así? ¿No te hace suplicar?

Aquellas palabras la devolvieron a la realidad bruscamente. Había una mueca cruel en los labios de Jared. Parecía satisfecho, victorioso.

Ella sintió un pánico terrible y se dio cuenta de que

en realidad él la odiaba. Había estado jugando con ella, no para darle placer, sino para vengarse por todo lo que le había dicho en otra época, para mortificarla y tenerla a su merced. Avergonzada y humillada, con la adrenalina retumbando en las venas, dio un paso atrás y le quitó la mano con violencia.

Él la miró sonriente y esa fue la gota que colmó el vaso. Perdita levantó el brazo y le dio una bofetada. Dio media vuelta y echó a correr.

Capítulo 8

PERDITA huyó por la casa en silencio. Cuando llegó a su habitación, entró a toda prisa, dio un portazo y echó el cerrojo. De repente recordó la puerta que comunicaba las dos habitaciones y fue a poner una silla debajo del picaporte. Sin siquiera molestarse en cambiarse de ropa, se metió debajo de la manta y apagó la luz. Jared la odiaba... Acurrucada en la cama derramó todas las lágrimas que había contenido hasta ese momento y lloró hasta creer que el corazón se le iba a partir en dos. ¿Cómo podía humillarla de esa manera un hombre que una vez había jurado amarla para siempre? De pronto oyó que intentaban girar el picaporte y entonces contuvo el aliento, temiendo que la furia lo hiciera echar la puerta abajo. Sin embargo, un segundo después todo volvió a estar en silencio. Perdita hundió el rostro contra la almohada y dio rienda suelta a su dolor una vez más. Jared la odiaba...

Estaba tan consumida por la angustia, que no le había oído entrar, y no advirtió su presencia hasta que sintió una caricia en el cabello.

Contuvo el aliento y lo soltó de golpe, encogiéndose de miedo.

—¿Cómo has entrado? —le preguntó entre sollozos.

—Por la terraza —dijo él.

—Vete. No quiero que estés aquí.

Ignorando sus palabras, él se quitó el batín de seda que llevaba puesto y se tumbó en la cama a su lado. La atrajo hacia sí y comenzó a acariciarle el cabello mientras murmuraba palabras de consuelo sin cesar. Perdita hizo un esfuerzo por calmarse un poco, pero aquel inesperado gesto de ternura no hizo sino empeorar las cosas. Lloró por todos los sueños perdidos, por las esperanzas rotas, por el amor que una vez había sentido, y por el hombre agrio y sin corazón en el que Jared se había convertido. Lloró hasta que ya no le quedaron más lágrimas que derramar.

Jared la tuvo entre sus brazos todo el tiempo. Sacó unos cuantos pañuelos de papel y le secó la cara.

—Trata de dormir —susurró, apoyándole la cabeza sobre su hombro.

Agotada tanto física como emocionalmente, Perdita se dejó vencer por el sueño y no tardó en dormir profundamente.

En algún momento antes del alba empezó a soñar con un hermoso día de verano. Sam perseguía una mariposa y ella estaba en los brazos de Jared, en una hamaca que colgaba de un longevo cedro. La luz del sol se filtraba a través de un tupido velo de hojas, bañando sus rostros. El aroma a hierba recién cortada viajaba con la brisa fresca. Podía sentir el calor del cuerpo de Jared a su lado; sus músculos, su piel, el movimiento de su pecho al respirar, los latidos de su corazón... Toda la rabia, toda la dureza se había desvanecido, y había vuelto a ser el hombre cálido y carismático que una vez había sido, el hombre que conocía antes y con el que se había casado. El amor que sentía por él se desbordaba, haciéndola sentir muy feliz en sus brazos. Sus brazos se tensaron y entonces ella levantó el rostro. Él la besó suavemente hasta hacerla entreabrir los labios. Su boca la acariciaba y de pronto eso era lo único que siempre había deseado o necesitado. Deslizó los brazos alrededor de su cuello y le devolvió el beso con pasión. Un momento después empezó a sentir sus manos sobre el cuerpo y fue entonces cuando se dio cuenta de que aquello no era un sueño. En lugar de estar tumbados en una hamaca, estaban en la cama. Los primeros rayos de sol ya asomaban en el horizonte y Jared ya no era el joven tierno y dulce de sus sueños, sino un hombre frío y cruel que se había propuesto humillarla.

Perdita se puso tensa y trató de apartarse.

–Todo está bien, mi amor, todo está bien –él la atrajo hacia sí y la sujetó con fuerza–. Siento haberte tratado tan mal. Perdóname.

Mientras el miedo y la razón libraban una batalla en el interior de la joven, él le acarició el cabello y le susurró cosas hermosas al oído. Por fin, cuando la sintió relajarse un poco, empezó a acariciarla de nuevo y a tocarle los pechos con una habilidad seductora. Mientras buscaba sus pezones con los dedos, exploraba su cuello con los labios, y entonces empezó a descender sobre ella y se posó sobre el otro de sus pezones. Perdita creía que iba a perder la razón. El corazón se le salía del pecho. Mientras se estremecía de placer, sacudida por descargas de gozo, Jared deslizó la mano que tenía libre por su entrepierna hasta encontrar sus rizos más íntimos y entonces comenzó a explorar el rincón más húmedo y sensible de su feminidad. Mientras sus largos dedos se movían dentro de ella, llevándola al borde del abismo, Perdita sintió que el control se alejaba cada vez más. Perdida y sin razón, estaba a punto de abandonarse a la lujuria cuando, incluso a través del velo de la pasión, sintió una nueva embestida del miedo.

–Relájate –le dijo él, notando su reacción de inmediato–. Te prometo que no voy a hacerte daño. No voy a hacer nada que tú no quieras –la besó y, un momento después, Perdita se rindió a sus caricias nuevamente.

En sus brazos una vez más, relajada y suplicante, la llevó al borde del abismo, y entonces la hizo tumbarse bocarriba para después colocarse entre sus caderas. Sin embargo, en ese instante se detuvo, como si quisiera asegurarse de algo. Ella ya no podía aguantar más, y por tanto se maravillaba aún más de aquel derroche de autocontrol. Moviendo las caderas le invitaba a hacerla suya y observaba con asombro la reacción de aquel magnífico cuerpo viril.

–¿Quieres que te haga el amor, Perdita? –le preguntó, mirándola fijamente.

Ella asintió con la cabeza.

–Quiero oírte decirlo. ¿Me deseas?

–Sí. Sí... –dijo ella, desesperada.

Un instante después, un escalofrío la recorrió por dentro al sentirle dentro de ella, moviéndose en su interior, pero se entregó a él y su cuerpo empezó a vibrar al ritmo de la cadencia que él marcaba. Sacudida por mareas de placer, solo pudo aferrarse a él y dejarse arrastrar por la ola hasta llegar a la orilla, donde quedó varada y exhausta, como una superviviente de un naufragio.

Jared estaba apoyado sobre su pecho, y podía sentir como le retumbaba el corazón.

Unos segundos más tarde, él levantó la cabeza y se echó a un lado. Después le acarició la cara con ternura.

–¿Estás bien?

Ella entreabrió los ojos.

–Muy bien.

Él la miró satisfecho.

–Eso es bueno –le dijo suavemente–. Porque tenemos que recuperar el tiempo perdido y dentro de un rato tengo intención de volver a hacerte el amor.

Cumpliendo su promesa, le hizo el amor no una, sino varias veces, hasta caer rendidos en la cama.

Al amanecer, mientras dormía, Perdita examinó su rostro. Sus largas pestañas se apoyaban en sus mejillas y las líneas de dolor que se dibujaban alrededor de su boca habían desaparecido. Casi parecía el Jared de antes, más joven, inocente, libre...

Cuando Perdita se despertó, la luz del sol inundaba la estancia. Una suave brisa agitaba las cortinas y la habitación estaba llena de aire fresco. Estaba sola en la cama. No había ni rastro de Jared, pero la puerta que comunicaba las dos habitaciones estaba abierta. Se incorporó en la cama y escuchó. A lo lejos podía oír los sonidos del valle, y muy cerca se oía una ducha y alguien que silbaba. Un momento después él apareció en el umbral, completamente desnudo y secándose el cabello con una toalla. Perdita tuvo unos cuantos segundos para mirarle con curiosidad antes de que él se diera cuenta de que estaba despierta.

—He venido a ver si estabas despierta y lista para desayunar, pero si sigues mirándome así, quizá el desayuno tenga que esperar.

Fue hacia la cama y se detuvo frente a ella. De repente, Perdita fue consciente de su desaliñado aspecto. Debía de tener mil nudos en el pelo y los ojos hinchados.

—Debo de tener un aspecto horrible —dijo, avergonzada.

—Tú siempre has estado preciosa por las mañanas —le dijo él con ternura—. Fresca y dulce, y encantadora. Pero ahora, toda desaliñada y adormilada, eres absolutamente irresistible —se inclinó y le dio un beso.

A través del sopor de placer que la invadía, pudo oler el aroma a gel de baño y a su *aftershave*. Su piel todavía estaba ligeramente húmeda de la ducha.

–Umm... –murmuró él contra sus labios–. El desayuno tendrá que esperar.

Se metió en la cama y la estrechó entre sus brazos.

–¿Y qué pasa con tu ama de llaves? –preguntó Perdita, sin decirlo en serio–. ¿Y si entra y nos encuentra...?

Él la hizo callarse con un beso.

–Hilary está ocupada en la cocina... Y, en todo caso, como estamos casados, tenemos todo el derecho a estar en la cama juntos.

Hicieron el amor varias veces y terminaron compartiendo la ducha, así que tardaron bastante en salir a la terraza para tomar el desayuno. Al sentarse a la mesa, el uno frente al otro, Perdita vio algo en el rostro de Jared que la hizo contener la respiración. Los rayos de sol que caían sobre su cara revelaban una marca roja que ya empezaba a convertirse en un moratón. Él se tocó la marca con la mano al ver cómo lo miraba ella.

–¿He sido yo? –le preguntó ella, perpleja.

–Ahí es donde me diste con el anillo.

Ella se puso triste.

–Lo siento –susurró.

Él se inclinó por encima de la mesa y la agarró de la mano.

–No tienes por qué. Me lo merecía.

Perdita miró el anillo de oro que llevaba en el dedo corazón de la mano derecha.

–¿Te lo dio Judson? –le preguntó él.

Ella sacudió la cabeza.

–No. Fue un regalo de mi padre por mi veintiún cumpleaños.

Él empezó a mover el anillo para leer la inscripción que llevaba.

—Solo dice Perdita.

—Perdida —murmuró él, agarrando la cafetera—. Nunca me has dicho por qué te llamas así.

—Es una larga historia.

—Tenemos todo el día —le dio un apretón en la mano y entonces sirvió el café—. Así que puedes empezar por el principio.

Perdita dio un sorbo de café y entonces comenzó con la historia.

—Mi madre era de San José. Mi padre la conoció cuando viajó a California para establecer la empresa en los Estados Unidos. Fue un amor a primera vista y en cuestión de unas pocas semanas estaban casados. Compraron una casa, no muy lejos de donde Elmer vive ahora. Cuando mi madre estaba embarazada de siete meses, mi padre, que la adoraba, la llevó a Nueva York —hizo una pausa—. La noche antes de volver a California, ella se puso de parto y tuvieron que ingresarla de urgencia en Rodanth Hospital. Hubo algunas complicaciones. A mí me pusieron en una incubadora mientras trataban de salvarle la vida a mi madre. Las cosas estaban en el aire y mi padre estuvo a su lado todo el tiempo, veinticuatro horas seguidas. Cuando finalmente recuperó la consciencia, pidió verme a mí, pero no me encontraban, y de repente les dijeron que podía haber muerto. Pero a la mañana siguiente, cuando los dos estaban ya desesperados, aparecí en Tidewell, otro hospital que pertenecía al Rodanth. Me habían enviado allí por una equivocación con los nombres.

—Y de ahí tu nombre —dijo Jared—. ¿Y qué le pasó a tu madre? —añadió con sutileza.

—No pudieron detener la hemorragia interna y murió al día siguiente, en los brazos de mi padre. Una vez, Elmer me dijo que mi padre nunca había superado su muerte, que era como si una parte de él hubiera muerto con ella. Me llevó de vuelta a California y contrató a una cuidadora que lo ayudara a ocuparse de mí. Pero él se había quedado en los Estados Unidos por mi madre, y no podía soportar estar sin ella, así que vendió la casa y regresó a Inglaterra para ocuparse de la filial inglesa de la empresa.

—¿Y tú eres como tu madre?

—Dicen que me parezco mucho a ella, por lo menos físicamente.

—Y tú fuiste todo lo que le quedó a tu padre –dijo Jared, pensativo–. Eso explica muchas cosas.

—Mi padre está tan orgulloso de mí, que no puedo decirle que... –vaciló un momento.

—¿Que te he coaccionado para que vuelvas conmigo? –dijo Jared con un toque amargo.

—Sí.

—¿Y qué vas a decirle?

—No lo sé. La verdad no puedo decírsela. Y me da miedo que Martin o él vayan a llamarme antes de que haya podido pensar qué decirles.

—Entonces te sugiero que los llames tú antes.

—¿Pero qué voy a decirles?

—Si quieres ganar tiempo, diles que las negociaciones van bien y que tienes muchas esperanzas de tener éxito, pero que pueden pasar varios días antes de que se llegue a un acuerdo firme. Diles que en cuanto lo tengas, te pondrás en contacto con ellos.

Aunque Perdita sabía que así solo estaba retrasando el peor momento, aceptó la sugerencia. Por lo menos, la mentira piadosa impediría que su padre se preocupara.

—Pero esta tarde... –dijo Jared–. Tenía pensado llevarte a ver Petrified Forest.

–Oh, he oído hablar de él. Se han conservado enormes secuoyas, por una erupción volcánica que ocurrió hace millones de años, ¿no?

–Así es. Y el viaje es un poco largo –agarró el teléfono inalámbrico y se lo dio–. Será mejor que los llames antes de irnos. Si mis cálculos son correctos, será por la tarde en Londres y la hora del desayuno en Tokio. Con un poco de suerte podrás hablar con los dos. No olvides que se supone que estás en Nueva York, y allí es media tarde.

Ansiosa por terminar con todo aquello, Perdita marcó el número de su padre primero.

–Hola, papá... Solo quería decirte...

Después de repetir lo que Jared le había sugerido casi palabra por palabra, vio que surtía efecto.

–Gracias a Dios –dijo su padre con un suspiro.

–¿Cómo te encuentras, papá?

–Mejor –dijo él con optimismo–. De hecho, me han dicho que puedo irme a casa en un par de días.

–Eso es genial. Pero tienes que cuidarte.

–Sally me ha prometido que me va a cuidar y que solo me fastidiará cuando sea por mi propio bien. ¿Y qué me dices de ti, hija? Es evidente que pasas mucho tiempo negociando, pero espero que hayas tenido tiempo para salir un poco.

–Oh, sí, de hecho, voy a salir en cuanto hable con Martin.

–Se lo diré a Sally. Parece que está un poco preocupada por ti. Cada vez que viene a verme me pregunta si he tenido noticias tuyas.

–Bueno, dile a Sally que no se preocupe, que todo está bien.

Se despidieron y Perdita terminó la llamada.

–¿Sally? –preguntó Jared.

–Sí. Mi padre dice que estaba un poco preocupada por mí.

–Me alegro de que te hayas acordado de ella.

–Es que últimamente se me da cada vez mejor mentir –dijo ella.

Jared frunció el ceño y ella pensó que se había excedido un poco con el comentario.

Consciente del abismo insalvable que se abría entre Martin y ella, la segunda llamada se le hizo aún más insoportable. Le dijo lo que le había dicho a su padre y le preguntó cómo le iban las cosas en Tokio. Él le aseguró que todo marchaba bien y que volvería a casa en un par de días.

–Parece que tienes un poco de prisa –le dijo él, notando su intranquilidad.

–Es que estaba a punto de salir –le contestó ella–. Pero por si no tengo otra ocasión de hablar contigo hoy, quería hacerlo antes de irme.

–Lo siento –dijo él–. Es que te echo mucho de menos.

Perdita pensó que a su amante debía de echarla de menos mucho más.

–Pero, con un poco de suerte, estarás en casa con un acuerdo bajo el brazo.

–Eso espero –dijo ella–. Bueno, tengo que irme. Adiós.

–Te quiero –dijo él.

Ella sonrió con amargura. Sonaba como si lo dijera en serio.

–No pareces muy contenta –le dijo Jared cuando le devolvió el teléfono.

Una vez más, Perdita descargó toda la rabia y la desilusión contra él.

–¿Crees que es fácil sentarme aquí y mentirle al... al hombre que amo?

El rostro de Jared se ensombreció.

—¿Entonces todavía lo amas?

—Por supuesto que lo amo. Puede que no sea perfecto, pero eso no me da derecho a mentirle, y me siento culpable.

—Antes no parecías sentirte culpable, cuando estábamos juntos en la cama.

—Lo que me hace sentirme culpable... —dijo ella, deseando contraatacar— es hacerle creer que todo está bien cuando en realidad... Cuando estábamos en la cama fue igual que cuando Martin visita a su amante, solo sexo.

Durante una fracción de segundo la expresión de Jared fue como si le hubieran golpeado en el pecho, pero entonces su rostro se cerró.

—¿Y eso es todo lo que fue?

—Eso era todo lo que querías de mí, y el sexo significa muy poco.

—Hace tres años, en Las Vegas, significaba mucho para ti.

—Eso es parte del pasado —dijo ella, desesperada.

—Parecía que significaba mucho para ti cuando destruiste todo lo que había entre nosotros porque pensabas que me había llevado a otra mujer a la cama.

—No pensaba que lo habías hecho. Sabía que lo habías hecho. No puedo imaginar qué clase de hombre se acuesta con otra mujer en su noche de bodas.

—Y yo no puedo imaginar qué clase de mujer deja solo a su marido en su noche de bodas.

—¿Y esa es tu excusa?

—No. No necesito una excusa. Esa noche no me acosté con otra mujer. Ni esa ni ninguna otra noche. Por lo que a mí respecta, cuando te conocí, todas las demás dejaron de existir.

Perdita quería creerle, pero ¿cómo iba a hacerlo?

—Sin embargo, tal y como me has dicho varias veces,

eso es parte del pasado. Ya no importa. Hemos seguido adelante y ya solo queda el deseo...

Profundamente conmovida por sus palabras, quería negarlo todo, pero no podía hacerlo porque ella había sido la primera en decirlo.

–Bueno, ¿estás lista para irnos? –le preguntó él, cambiando de tema bruscamente, como si no tuviera la menor importancia, como si hubiera aceptado sin más que la relación que se había establecido entre ellos era pura lujuria.

Sin embargo, sus ojos grises estaban apagados y escondían una oscuridad que le partía el corazón. Con el alma encogida, Perdita se dirigió al coche.

Durante los días siguientes, se dieron una tregua y cuidaron al máximo sus palabras. Jared se mostraba amable y cortés en todo momento, pero ya no había esa complicidad íntima entre ellos. Una parte de él permanecía distante, como si hubiera elegido alejarse de ella, y Perdita, por su parte, estaba perdida en una especie de limbo. Era una prisionera que esperaba sin saber lo que le deparaba el destino. El único refugio lo encontraba por las noches, mientras dormía; cuando cerraba los ojos y bloqueaba la mente para dejar que Jared le hiciera el amor con pasión y desenfreno. Sin embargo, a pesar del intenso placer físico que él le daba, siempre se sentía extrañamente incompleta, como si faltara algo fundamental. Todas las mañanas iban a dar un paseo, y así visitaron Sonoma, Clear Lake y otros muchos lugares de interés turístico. Un día dieron un paseo por el parque Robert Louis Stevenson y disfrutaron de las maravillosas vistas que ofrecía la ruta por las colinas del Mount Saint Helena. Sin embargo, por muy ocupada que estuviera durante el día, Perdita se sentía atrapada en una especie de bucle espacio-temporal, incapaz de moverse ni adelante ni atrás.

Su padre la llamó en una sola ocasión para decirle que ya había vuelto a casa, pero Martin, que ya había regresado a Londres, parecía cada vez más impaciente. Debía de haberse dado cuenta de que algo iba mal porque la llamaba casi todos los días. En todas esas ocasiones se veía obligada a decirle que le amaba, y cuando le preguntaba si todo iba bien, tenía que mentir una y otra vez, a veces tartamudeando.

La última vez, después de colgarle el teléfono, Perdita ya no pudo aguantar más.

—No puedo seguir así. Pero tampoco puedo decirles cómo están las cosas.

—Pensaba que a estas alturas ya te habías hecho a la idea.

—Bueno, en realidad no.

—¿Es que es tan difícil decirles que todo está bien? ¿Explicarles que nos casamos en Las Vegas y que todavía somos marido y mujer?

—Puedo decirles que estamos casados, ¿pero cómo voy a decirles que todo está bien cuando ambos saben perfectamente que nunca aceptaría vivir con un hombre en el que no puedo confiar?

—Siempre volvemos a lo mismo, ¿no? –dijo Jared, frunciendo el ceño. Su rostro mostraba una expresión amarga, de desesperación.

Perdita hubiera querido retirar todo lo que había dicho, pero era demasiado tarde. Nada podía arreglar las cosas entre ellos. Él ya no la amaba. Tal y como le había dicho, todo lo que quedaba era rabia, amargura, lujuria... Ella guardó silencio y él cambió de tema. Durante el resto del día, la conversación fue tirante e incómoda. Parecían dos enemigos obligados a mantener una tregua que no deseaban. Esa noche él se quedó en la terraza en lugar de acompañarla a la cama y, horas más tarde, todavía sola, Perdita derramó amargas lágrimas.

Cuando se despertó, seguía sola en la cama. La almohada, impecable, le decía que Jared no había dormido allí. Con el corazón encogido, hizo un esfuerzo por levantarse de la cama y fue a darse una ducha. Hilary, siempre eficiente, le había lavado toda la ropa y su armario ofrecía muchas posibilidades.

Eligió un vestido de algodón y después de recogerse el pelo en la base de la nuca, se dirigió hacia la soleada terraza. Sam la esperaba con entusiasmo, pero no había ni rastro de Jared. Un rato después apareció Hilary con el desayuno y justo en ese momento llegó él, arrebatadoramente guapo con unos pantalones hechos a medida y una camisa deportiva. Saludó al ama de llaves y, después de acariciar a Sam, se sentó frente a ella y comenzó a servir el café.

–¿Has dormido bien? –le preguntó en un tono distante en cuanto la empleada se retiró a la cocina. Su rostro, imperturbable y enigmático, no revelaba emoción alguna.

–Muy bien, gracias –dijo ella, mintiendo y preguntándose cómo iba a soportar el resto del día en compañía de un completo extraño.

Comieron en silencio y, cuando estaban terminando, el teléfono de él empezó a sonar.

–¿Sí? –dijo él en un tono seco–. Sí, por supuesto. Iré en cuanto termine de desayunar... Sí, podemos ocuparnos de eso. Sí, estoy seguro de que lo hará. Será un cambio para bien... De acuerdo. Te veo dentro de un rato –colgó el teléfono–. Era Don. Me necesitan en las bodegas. El problema debería estar resuelto a media mañana como muy tarde. Don y Estelle nos han invitado a su casa para comer. Van a hacer una barbacoa. Así tendrás oportunidad de conocer a la gente del valle.

–Estupendo. Me encantaría.

–Hasta entonces, ¿te importa quedarte sola?

–No, en absoluto –dijo ella, pensando que en realidad sería un gran alivio.

–Entonces te veo dentro de una hora más o menos –echó a andar hacia el garaje y a medio camino se dio la vuelta–. Por cierto, después de comer, haremos un viaje, así que quizá sea buena idea que aproveches para hacer la maleta. Le he pedido a Hilary que te busque una maleta pequeña.

–¿Adónde vamos? –le preguntó Perdita, sorprendida ante aquella repentina decisión.

–A Las Vegas, durante un par de días.

–¿Las Vegas? –repitió ella, anonadada–. ¿Por qué?

–Ignorar el pasado no ha funcionado, así que ya es hora de hacerle frente –dio media vuelta, pero entonces se detuvo–. Por cierto, no olvides incluir algún traje de noche. A lo mejor tenemos que arreglarnos un poco.

Perdita le vio marcharse sin dar crédito a lo que ocurría. Lo último que deseaba era irse a Las Vegas. Ese lugar albergaba muchos recuerdos tristes; recuerdos que llevaba tres años intentando dejar atrás.

Capítulo 9

DESPUÉS de verle marchar, Perdita fue a su habitación y empezó a apilar la ropa en la cama. La única prenda apropiada que tenía para la noche era un vestido negro de cóctel. Añadió unas sandalias de tiras, un bolso de fiesta y el cofre de terciopelo que contenía las pocas joyas que poseía. Mientras decidía qué ropa llevarse, su mente estaba en otra parte, recordando la última vez que había hecho la maleta para irse allí. Por aquel entonces, vivía en la casa de Elmer de San José; era una chica ilusionada y llena de entusiasmo que arrojaba prendas dentro de una maleta.

No obstante, tanta felicidad se había visto empañada cuando Martin, que supuestamente estaba en el trabajo, había aparecido en el vestíbulo justo en el momento que ella bajaba con la maleta. Un rato antes le había dejado un mensaje que decía que iba a pasar el fin de semana con un amigo.

—¿Adónde crees que vas? —le había preguntado él, enojado, impidiéndole el paso.

—Esto no tiene nada que ver contigo —le había dicho ella.

—Si vas a fugarte con...

—No me estoy fugando... No tengo necesidad de hacerlo. No tengo nada que ocultar.

—Entonces dime adónde vas.

—Me voy a Las Vegas con un amigo.

—Jared Dangerfield, supongo.

–Supones bien.

–No puedo dejar que lo hagas.

–No puedes impedírmelo. Ya no soy una niña. Soy lo bastante adulta como para hacer lo que quiera. Pero, en cualquier caso, esto no te incumbe.

–Cuando tu padre ingresó en el hospital, le dije que cuidaría de ti.

–¡Que me espiarías, querrás decir!

–Solo trato de cuidar de ti. No sabes lo que estás haciendo.

–Sé exactamente lo que estoy haciendo, así que quítate de mi camino.

–Si insistes en marcharte, no me quedará otra opción excepto decírselo a tu padre.

Ella levantó la barbilla y le hizo frente.

–Me marcho, y si se lo dices a mi padre y le haces preocuparse en un momento como este, nunca te lo perdonaré. Nunca.

–Por favor, Dita, escúchame... –le dijo él, viendo que hablaba muy en serio.

De repente, oyó el coche de Jared y trató de pasar por delante de Martin, pero este le agarró la muñeca.

–Por lo menos dime dónde te vas a hospedar.

–En el Imperial Palace.

–Sí, lo conozco, así que si por alguna razón tengo que comunicarme contigo...

–Tengo intención de llamar al hospital todos los días, así que no tienes por qué llamarme –se soltó de él y salió a toda prisa.

Jared la recogió en la puerta y, después de darle un beso rápido, la ayudó a subir al coche.

Ya sentada en su asiento, Perdita se volvió hacia la casa. Martin la observaba desde la ventana, furioso y preocupado.

Dejaron San José y se dirigieron al sur. Perdita sacó

el anillo de compromiso de Jared y se lo puso en el dedo.

—¿Llevándolo puesto te sientes menos culpable por lo de este fin de semana?

—No me siento culpable —dijo ella, sabiendo que él no la creía.

Recordando la escena con Martin, suspiró. Él solo trataba de protegerla, pero ella no quería ni necesitaba su protección.

Jared la miró de reojo.

—¿Qué pasa? —le preguntó.

—Nada —apoyó la cabeza sobre su hombro—. Vamos a pasar un maravilloso fin de semana juntos, así que ¿qué podría pasar?

Él sonrió y le apretó la mano.

El viaje fue divertido. Perdita se acordó de todas esas películas de carretera tan emocionantes. El tráfico era bastante denso y a menudo pasaban por delante de moteles y bares con luminosos neones. A medida que caía la noche, por suerte, empezó a haber menos vehículos y pudieron ganar algo de tiempo. Sin embargo, pronto se hizo de noche y Perdita ya casi estaba dormida cuando por fin tomaron el camino que les llevaría a su destino.

—Mira —le dijo Jared suavemente.

Ella abrió los ojos y entonces tuvo que contener el aliento. Ante ellos se extendía un manto de diamantes que cubría el negro suelo del desierto. Las Vegas... Una joya rutilante que arrojaba miles de destellos al firmamento nocturno.

—Es tan romántico... —dijo Perdita, sabiendo que aquella era una visión que jamás olvidaría.

—Sí lo parece desde aquí —dijo Jared—. Lo cual demuestra que la lejanía les da cierto encanto a las cosas —añadió en un tono un tanto cínico.

Al entrar en la ciudad, Perdita miró a su alrededor,

boquiabierta. Todos los casinos y hoteles vibraban con un derroche de luz y color. El hotel que Jared había escogido era tranquilo y apartado y contaba con un pequeño casino solo para clientes.

—¿Quieres que bajemos a cenar o prefieres ir luego al casino? —le preguntó él cuando se instalaron en la suite.

—Me da igual. ¿Qué quieres tú?

—Prefiero cenar aquí. De vez en cuando juego a la ruleta, pero no me gusta mucho.

Viendo que estaban de acuerdo, tomaron la cena y se fueron pronto a la cama. Esa noche compartieron tiernos momentos de amor y al día siguiente se levantaron temprano para tomar el desayuno en la terraza.

—Si esta es la escapada peligrosa de la que hablaba mi padre, solo puedo decir que tendría que haberlo hecho antes —dijo Perdita, estirando los brazos como si estuviera en la cima del mundo.

—Tengo mis dudas. No sé si es buena idea que lo hagas. Nunca debí convencerte —dijo Jared, reaccionando de una forma inesperada.

—No necesité que me convencieras —repuso ella.

—Mira, cariño —dijo él, agarrándola de la mano—. Esto no es para nosotros. Casémonos.

—Pero lo haremos tan pronto como mi padre...

—No. Quiero decir ahora. Quiero que todo el mundo sepa que eres mi esposa. No quiero que se lleven una idea equivocada de ti.

—¿Y a quién le importa lo que piense la gente?

—A mí —dijo él, besándola en la palma de la mano—. Vamos a comprar un anillo y casémonos en una de esas capillas.

Ella quiso protestar.

—Puede que no sea lo que teníamos en mente, pero tendremos una boda como Dios manda en cuanto tu padre se mejore.

–No, no es eso.

–¿Entonces qué?

–Estaría encantada de casarme aquí contigo, pero quiero que lo mantengamos en secreto un tiempo.

Él frunció el ceño.

–No puedo arriesgarme a que mi padre lo descubra antes de que terminen de hacerle las pruebas. No puedo dejar que lo sepa hasta que esté segura de que su corazón está lo bastante fuerte como para soportar la noticia.

–¿Y si nunca lo está?

–Lo estará –dijo ella con toda confianza.

Se casaron esa misma tarde en una pequeña capilla blanca situada a las afueras de la ciudad. La ceremonia fue rápida y, cuando salieron a la luz del sol, tomados de la mano, ya eran marido y mujer.

–Bueno, ¿qué quieres hacer ahora? –le preguntó él.

–Lo que quiero es ver el desierto –dijo ella, feliz y despreocupada.

–Entonces vamos a dar un paseo en coche y esta noche, si quieres, podemos cenar en el Santecopa y quedarnos para el espectáculo.

–Eso suena genial –dijo ella, sonriente.

Después de dar un paseo memorable por el árido y seco desierto, regresaron al hotel para ducharse antes de ir al Santecopa, que estaba a la vuelta de la esquina. Perdita acababa de vestirse cuando el teléfono de la suite empezó a sonar.

–¿Hola? –dijo, sorprendida.

–Dita, llevo toda la tarde intentando comunicarme contigo –dijo Martin desde el otro lado de la línea–. Tu padre ha tenido otro ataque al corazón y esta vez puede que no salga adelante.

–Oh, Dios mío –exclamó ella–. ¿Qué voy a hacer? –dijo, aterrada.

–Déjamelo a mí. Acabo de llegar y estoy en el vestíbulo del hotel. Tengo un taxi esperando y dos billetes para Los Ángeles, si podemos llegar a tiempo al aeropuerto.

–Bajo enseguida –colgó el teléfono y corrió hacia el dormitorio. Jared acababa de salir de la ducha–. Mi padre ha tenido otro ataque al corazón –le dijo, casi ahogándose.

–Iremos a Los Ángeles de inmediato –dijo él, soltando la toalla y agarrando su ropa.

–No. Creo que es mejor que te quedes aquí.

–No seas tonta. No puedo dejar que vayas sola –dijo él, vistiéndose.

–Martin va a llevarme –dijo ella, sin aliento–. Está en el vestíbulo del hotel. Tiene dos billetes de avión y un taxi esperando fuera –agarró el bolso y la chaqueta y salió corriendo–. Te llamaré tan pronto como sepa algo –le dijo por encima del hombro.

Mientras bajaba en el ascensor reparó en los anillos que llevaba puestos. Se los quitó y los guardó en el relicario.

El vuelo a Los Ángeles fue muy corto y llegaron al atardecer. Sin embargo, el viaje en taxi a Mardale les llevó una eternidad. A excepción de la sala de urgencias, todo estaba en calma en el moderno hospital. El personal y los pacientes se preparaban para la noche. En el mostrador de información los mandaron a la unidad de cuidados intensivos de cardiología. Al llegar allí se encontraron con una puerta cerrada y bloqueada con un teclado para introducir contraseñas. Había una cámara de circuito cerrado y una voz masculina les solicitaba su identificación.

–Esta es una zona de acceso restringido. Por favor, diga el motivo de su visita –decía la voz.

–Soy la señorita Boyd. He venido a ver a mi padre, John Boyd –dijo Perdita, intentando mantener la calma–. Sufrió un ataque al corazón y está muy grave.

Después de una espera interminable, la voz volvió a comunicarse con ellos.

–No tenemos ningún paciente con ese nombre. Si espera un momento, intentaré localizar al médico que le atiende.

Un buen rato más tarde, la puerta se abrió y un hombre calvo y de aspecto malhumorado se dirigió a ellos.

–Señorita Boyd, soy el doctor Sondheim. Parece que la han informado mal o que no ha entendido bien. Su padre sufrió un pequeño ataque al corazón, pero no fue nada de extrema gravedad y le puedo asegurar que no corre ningún peligro en este momento.

Perdita soltó el aliento que había estado conteniendo durante un rato.

–¿Está seguro de eso? –preguntó Martin.

–Completamente –dijo el médico, lanzándole una mirada de pocos amigos.

–Por favor, ¿podemos verle? –preguntó ella.

–Esta es la unidad de cuidados intensivos y su padre está en el área de cardiología.

–¿Y podemos verle allí?

–Señorita, no podemos dejar que la gente entre y salga así como así, molestando a los pacientes. Y la norma no permite visitas por la noche a menos que el paciente se encuentre muy grave, lo cual, por suerte, no es el caso de su padre.

Al ver la cara de Perdita pareció apiadarse de ella un poco.

–Le sugiero que se vaya a casa y deje de preocuparse. Todo lo que su padre necesita durante las próximas veinticuatro horas es mucho reposo. Después podremos terminar de hacerle las pruebas y entonces se podrá ir a casa, sano y salvo. Y ahora, si me disculpa, tengo pacientes que atender que sí están muy graves.

Antes de que pudiera darle las gracias, el médico introdujo un código y desapareció tras la puerta, dejándolos en aquel corredor desierto.

El alivio de saber que su padre no corría peligro después de todo hizo que Perdita empezara a temblar de pies a cabeza.

—¿Y lo vas a dejar así? —le preguntó Martin, un poco ansioso.

Ella asintió con la cabeza. Si la hubieran tratado con más amabilidad hubiera sospechado algo, pero las formas bruscas del doctor Sondheim le ofrecían confianza.

—Entonces busquemos un hotel donde pasar la noche.

—No —dijo ella en un tono decidido—. Tengo que llamar a Jared y después volveré a Las Vegas.

Para su sorpresa, Martin la acompañó sin rechistar.

Una vez fuera del hospital, Perdita buscó el móvil en el bolso, pero no estaba allí.

—Déjame tu teléfono —le dijo a Martin.

Él se tocó el bolsillo.

—Lo siento. No lo llevo encima.

—Entonces volveré al hospital y buscaré un teléfono público.

Él la agarró del brazo.

—¿Qué sentido tiene llamar? Seguramente ya se habrá ido a la cama. ¿No sería mejor tomar el próximo avión y darle una sorpresa?

—Tienes razón, pero tendremos que llamar un taxi —mientras hablaba vio acercarse un taxi.

Una pareja bajó a toda prisa y entonces quedó libre.

—Estamos de suerte —exclamó Martin, haciéndole señas al conductor.

Unos segundos después iban de camino al aeropuerto. Para sorpresa de Perdita, Martin pidió dos billetes con destino a Las Vegas.

–No hace falta que me acompañes.

–Has tenido una noche horrible, y no voy a dejar que vayas sola –le dijo él en un tono decidido.

No contento con acompañarla hasta Las Vegas, Martin insistió en ir con ella hasta el hotel. Perdita sabía que debía estarle agradecida por todas sus atenciones, sobre todo después de haberle tratado tan mal. Sin embargo, tanta sobreprotección ya empezaba a irritarla. Aunque eran las primeras horas de la mañana, el casino del Imperial Palace estaba en pleno apogeo.

Martin bajó con ella del taxi y la siguió hasta el vestíbulo.

–Por Dios, Martin, no tienes que acompañarme hasta la suite –dijo ella, harta de su presencia.

–Antes me fijé en que la cafetería del hotel está abierta toda la noche. Pensé en tomarme algo antes de emprender el viaje de vuelta –dijo él.

–Claro... Lo siento –dijo ella, sintiéndose culpable–. Te has portado muy bien conmigo. Te agradezco muchísimo todo lo que has hecho por mí –añadió con total sinceridad.

–Sabes que siempre estaré ahí.

–Te llamaré mañana –dijo ella, dándole un beso en la mejilla antes de ir hacia el ascensor.

Justo antes de subir, miró atrás y entonces vio a Martin sacándose el móvil del bolsillo.

Sí que lo tenía.

El ascensor se detuvo en el séptimo piso y Perdita se dirigió hacia la suite 704. Antes se había llevado una tarjeta en el bolso, así que, en lugar de despertar a Jared, decidió entrar de puntillas y acurrucarse a su lado. Con una sonrisa de anticipación, introdujo la tarjeta en la cerradura y la puerta se abrió con un «clic» silencioso. Cruzó el salón, que estaba en penumbra, y abrió la puerta del dormitorio. Solo la lámpara de la mesita de noche estaba encendida y su resplandor mostraba un hombre de pelo oscuro que dormía profundamente. Junto a la cama, sin embargo, había una mujer. Su pelo, largo y pelirrojo, le caía voluptuosamente sobre unas curvas generosas y unos pechos turgentes. Durante una fracción de segundo, Perdita pensó que se había equivocado de habitación, pero sus ojos le confirmaron lo que se negaba a creer. Aunque nunca antes había visto a aquella joven, el hombre era Jared. Mientras Perdita la miraba, perpleja, la mujer empezó a ponerse la ropa. De repente un pensamiento se clavó en su conciencia como una daga afilada. Jared siempre había estado obsesionado con las pelirrojas.

Como un robot, dio media vuelta y se marchó, lejos de allí, lejos de Jared. Entró en el ascensor, apretó el botón y al llegar al vestíbulo, se encontró con Martin. Casi como si la hubiera estado esperando, él fue hacia ella y la estrechó entre sus brazos.

—Quiero irme a casa —dijo ella.

—El taxi está esperando, así que vámonos —dijo él, sin hacer preguntas.

Durante los días terribles que siguieron, Martin fue su pilar de apoyo. No hizo ningún comentario ni pregunta. Simplemente cuidó de ella y la protegió del mundo. A través del sopor que la envolvía, Perdita podía ver que estaba haciendo todo lo posible por agradarle y hacerla feliz. Pero había algo que no podía hacer: borrar de su memoria el recuerdo de aquella pelirroja cuyos pechos desnudos parecían hechos de alabastro...

Unos golpecitos en la puerta la devolvieron al presente. Perdita se sobresaltó y tuvo que esperar un segundo antes de hablar. Los recuerdos eran tan vívidos como si todo hubiera ocurrido el día anterior.

–Adelante –dijo, cuando consiguió sosegarse un poco.

Era Hilary, con una enorme maleta. Al verle la cara, se preocupó un poco.

–¿Todo va bien?

–Sí. Sí... Es que estaba un poco distraída.

–No sé si será lo bastante grande –dijo Hilary, dándosela.

–Oh, es más que suficiente. Gracias.

Cuando Hilary se marchó, Perdita hizo la maleta y se cambió de ropa. Miró el reloj. Todavía le quedaba media hora, así que fue a la terraza a hacerle compañía a Sam para ver si así podía calmarse un poco.

Jared regresó antes de lo esperado y menos de una hora después ya estaban en camino por la carretera de Saint Helena.

–¿Cuánto falta para llegar a casa de Don y Estelle? –preguntó ella.

–Unos ocho kilómetros a lo largo de Napa Valley. Su casa se llama Villa Rosa.

Aparte de ese pequeño intercambio de palabras, el viaje transcurrió en silencio.

Villa Rosa resultó ser una encantadora casita blanca de una planta con el porche lleno de rosales que trepaban por las paredes. Jared la condujo a la parte de atrás de la casa. Los invitados estaban alrededor de la barbacoa, junto a la piscina, con las bebidas en la mano. Había dos hombres atendiendo la barbacoa; uno de ellos sin camisa y en chanclas, mientras que el otro llevaba un gorro de chef y un delantal. El ambiente parecía agradable y relajado. Las mujeres llevaban pantalones de algodón y camisetas, mientras que los hombres iban en pantalones cortos. Entre todas aquellas rodillas descubiertas, y barrigas prominentes, Jared parecía extrañamente elegante. Una mujer alta de pelo oscuro se separó de la multitud y fue hacia ellos.

–Jared... –dijo, dándole un abrazo–. Y tú debes de ser Perdita –añadió, extendiéndole la mano–. Es un placer conocerte. Me alegro mucho de que pudieras venir. Soy Estelle. Y este es Don Junior, un chaval muy travieso que quiere ser futbolista –añadió en un tono bromista, tocándose el vientre.

Perdita sonrió y justo en ese momento apareció Don con dos copas de vino blanco.

–Por cierto, Greg está aquí –le dijo a Jared, después de saludarlos–. Me ha dicho que tiene una nueva variedad de uva que quiere plantar.

Mientras los dos hombres charlaban, Estelle le lanzó una mirada exasperada a su marido.

–Don no para de hablar de vino siempre que haya alguien dispuesto a escucharle. Ven –le dijo a Perdita, agarrándola del brazo–. Te presentaré a algunos de nuestros vecinos.

Durante un buen rato se movieron entre los distintos grupos, charlando y riendo. Todo el mundo era amable y... curioso, sobre todo porque creían que Jared estaba soltero.

–¿Lleváis mucho tiempo casados? –le preguntaban la mayoría de las mujeres.

Y Perdita les decía que llevaban un tiempo casados, pero que ella había vivido y trabajado en Londres hasta ese momento.

Muchas de ellas se quedaron con las ganas de averiguar más, pero afortunadamente las buenas formas prevalecieron y pronto cambiaron de tema. Mientras hablaba de la vida en Napa Valley con Joanie y Howard, que vivían muy cerca de Wolf Rock, Estelle se disculpó y fue a buscar a su marido para que sacara más vino blanco. Después de un rato, la conversación fue interrumpida por un hombre con un gorro de chef.

—La comida está lista. Agarrad un plato y venid a serviros antes de que se enfríe.

En unos segundos alguien rellenó la copa de Perdita y le dieron un plato con diferentes carnes a la parrilla, ensalada y unos cubiertos envueltos en una servilleta. Apartándose un poco de la multitud, la joven se sentó a una mesa situada bajo una sombrilla. No había vuelto a ver a Jared desde que lo había dejado hablando con Don, pero en ese momento lo localizó sentado en un columpio, junto a una rubia espectacular. La mujer, vestida con la mínima ropa posible, apretaba uno de sus generosos pechos contra un brazo de Jared, y apoyaba la mano sobre el pectoral de él. En ese instante parecía decirle algo gracioso en un tono de flirteo, y él sonreía a modo de respuesta.

—¿Me puedo sentar contigo? —le preguntó Estelle de repente, apareciendo a su lado.

—Claro —dijo Perdita, forzando una sonrisa.

Mientras Estelle se ponía manos a la obra con el gigantesco filete que le había servido su marido, Perdita volvió a mirar de reojo a la feliz pareja del columpio. Mientras los observaba, la rubia desabrochó los dos botones superiores de la camisa de Jared y le metió la mano por dentro. Él le agarró la mano y la detuvo, pero no la soltó.

Perdita sintió un repentino latigazo de celos. ¿Cómo podía llevarla allí para después dejarla abandonada y ponerse a flirtear con otras mujeres?

–Sé lo que estás pensando –dijo Estelle de repente–. Pero no dejes que las excentricidades de Marcia te hagan enojar. Tiene un marido estupendo, pero le encanta poner a prueba sus armas de mujer con el primero que se cruza en su camino. Y desde que cumplió los treinta está mucho peor. Parece que tiene miedo de perder su *sex-appeal*.

Perdita siguió en silencio y Estelle siguió adelante.

–Ya ves que Jared no hace nada. No es culpa suya. No está haciendo absolutamente nada para alentarla.

–Le está sujetando la mano –dijo Perdita en un tono tenso.

Estelle sacudió la cabeza.

–Si miras con atención, verás que es ella quien le sujeta la mano a él. Jared no hace nada más que intentar quitársela de encima.

Perdita miró a Estelle con escepticismo.

–Veo que estás perdidamente enamorada de él y créeme cuando te digo que sé perfectamente lo que es tener celos. Cuando me casé con Don, me volvía loca si miraba a otra mujer. Él quería que yo confiara en él, pero de alguna manera, aunque él me juraba que me amaba, yo no podía hacerlo. Esa falta de confianza y mis celos desproporcionados estuvieron a punto de acabar con nuestro matrimonio. Tuve suerte. Me di cuenta a tiempo de que, si no cambiaba, iba a perderlo para siempre.

Mientras escuchaba, Perdita volvió a mirar hacia el columpio y se dio cuenta de que Jared ya no estaba. La rubia se había quedado sola con su plato de comida y una mirada de frustración.

–Ahora nuestro matrimonio es sólido como una roca. Confío en él y sé que él lo sabe.

–Pero, en tu caso, sé que Don merece tu confianza. No todos los hombres son así.

–Eso es verdad –dijo Estelle.

–¿Y hay alguna forma de distinguir a los unos de los otros?

–Eso creo. Si eres capaz de dejar a un lado los celos y pensar en la clase de hombre que tienes, entonces no tardarás en saberlo con certeza. ¿Es un hombre de una sola mujer? ¿Está dispuesto a serme fiel? ¿Es capaz de serme fiel? ¿Tiene suficientes principios? ¿Suficiente autocontrol? Si la respuesta a todas esas preguntas es «sí», entonces merece tu confianza... No sé lo que pasa entre Jared y tú –añadió en un tono cauteloso–. Y no quiero saberlo, pero te diré una cosa. Aunque he visto pelearse a las mujeres por conseguir su atención, jamás le he visto fijarse en ninguna. Tanto así, que de no haber sabido que es absolutamente «hetero», hubiera empezado a pensar que... –se detuvo bruscamente–. Lo siento. Tengo que aprender a cerrar la boca. Solo puedo disculparme por haberme metido en tus asuntos. Pero espero que podamos ser amigas. Aprecio mucho a Jared y lo respeto. Y cuando veo que dos personas que se quieren tienen problemas, es una pena...

–No tienes de qué disculparte, Estelle –dijo Perdita rápidamente, interrumpiéndola–. En realidad, te agradezco mucho tu sinceridad. Y tienes razón cuando dices que siento muchos celos. Nunca he podido evitarlo. Había tantas mujeres que lo encontraban irresistible, que podría haber elegido a cualquiera...

–Yo creo que ya eligió. Te eligió a ti.

–¿Y eso debería haber sido suficiente?

–¿No lo fue?

–Al principio sí, pero supongo que siempre he creído que no era lo bastante guapa, inteligente e interesante como para retenerle a mi lado.

–Pero si es evidente que te quiere muchísimo.

–La realidad es que no me quiere, Estelle –le dijo Perdita sin rodeos.

–¡Tienes que estar de broma! Antes, cuando estabas hablando con Joanie y Howie, no dejaba de mirarte. Apostaría lo que fuera a que está loco por ti.

–¿Estelle, puedes venir un momento? –exclamó Don desde lejos, interrumpiéndola–. No encuentro los pasteles de queso de los que me hablaste.

–Están en la nevera –se puso en pie, resignada–. Déjalo. Ya he terminado de comer. Voy a buscarlos. ¡Hombres! –le dijo a Perdita, dirigiéndose a la cocina–. Cómo son. Por lo que a ellos respecta, las neveras se inventaron para guardar el vino y la cerveza–. Y este va a ser igual –añadió, tocándose la barriguita.

Mientras la veía alejarse, Perdita se dio cuenta de algo. Estelle tenía razón respecto a una cosa. Amaba a Jared. Aunque hubiera pasado tres años intentando negárselo a sí misma, nunca había dejado de amarlo.

¿Acaso era posible que él sintiera algo remotamente parecido?

Una chispa de esperanza parpadeó en su interior.

Quizá...

En ese momento él fue hacia ella y se sentó enfrente.

–Siento haberte dejado abandonada, pero me... entretuvieron un poco.

–Ya me di cuenta –dijo ella, mordiéndose el labio inferior de pura rabia por haberle dicho tan claramente que le había estado observando.

–Cualquiera diría que estabas celosa –comentó él en un tono burlón.

–En absoluto –repuso ella en un tono seco.

–Veo que has conocido a mucha gente.

–Sí, pero ha sido un poco raro.

Él levantó una ceja.

–¿No han sido amables contigo?

–Han sido muy amables, pero también sentían mucha curiosidad respecto a mí. Querían saber cuánto tiempo llevábamos casados y de dónde había salido.

–¿Y qué les dijiste?

–Que llevábamos un tiempo casados, pero que yo había estado viviendo y trabajando en Inglaterra.

–Muy diplomática –miró el plato de ella, todavía lleno de comida–. Cuando termines de comer, podemos irnos, si quieres.

–Ya no quiero más. ¿Has...?

Él sacudió la cabeza.

–Tampoco tenía hambre.

–Jared... –dijo ella, respirando hondo–. ¿De verdad tenemos que ir a Las Vegas?

–Sí –dijo él en un tono sosegado–. Ya es hora de aclarar todo este asunto antes de que sea demasiado tarde –la agarró de la mano y se puso en pie.

Tomados de la mano, fueron a despedirse de Don y de Estelle.

–¿Os vais tan pronto? –preguntó Don.

–Nos vamos a Las Vegas un par de días –dijo Jared con entusiasmo.

Al ver que estaban agarrados de la mano, Estelle sonrió.

–Bueno, Jared, la hucha de Don Junior está vacía y necesita un cochecito, así que si jugáis a la ruleta, apostad diez dólares al cero por mí.

–¿Por qué el cero? –preguntó Perdita.

–Cuando Don y yo salíamos juntos, teníamos un gato que se llamaba Cero, y nos trajo muy buena suerte.

Capítulo 10

EL VIAJE fue largo y durante el camino, Perdita repasaba una y otra vez las palabras de Estelle. «Si eres capaz de dejar a un lado los celos y pensar en la clase de hombre que tienes, entonces no tardarás en saberlo con certeza...».

¿Y si realmente había otra explicación para lo que había visto en su noche de bodas? ¿Y si Jared era inocente? Entonces ni siquiera lo había escuchado... Por primera vez en tres años, las dudas empezaron a apoderarse de ella y con esos pensamientos en la mente, cruzó la frontera del estado de Nevada.

Para cuando llegaron a Las Vegas ya caía la noche sobre la ciudad. Jared había guardado silencio durante casi todo el viaje, como si meditara algo muy serio.

—¿Todavía crees que es romántico? —le preguntó de repente, admirando la belleza de aquella ciudad resplandeciente bajo el cielo nocturno.

—Creo que siempre resulta impresionante —dijo ella, sin saber muy bien adónde quería llegar él.

—Lo has expresado muy bien —dijo él, pensativo.

Después de un rato de silencio, fue Perdita quien habló primero.

—¿Dónde nos vamos a quedar en Las Vegas?

—Te dejaré que lo adivines.

De repente, Perdita lo supo. ¿Por qué se había molestado en preguntar?

—¿Has podido conseguir la misma suite?

–Por supuesto.

Sintiéndose un poco nerviosa, Perdita decidió no hacer más preguntas y se dedicó a observarle con disimulo mientras el coche se abría camino por las rutilantes calles de la ciudad que nunca dormía. Parecía que tenía algo en la mente, algo importante... Para cuando llegaron al Imperial Palace, su expresión sombría había cambiado por completo, como si hubiera resuelto todos sus dilemas y tomado una decisión no deseada, pero necesaria. Dejaron el coche en el aparcamiento subterráneo y se dirigieron al mostrador de recepción para registrarse.

–Encantado de verle de nuevo, señor Dangerfield –le dijo el recepcionista con entusiasmo.

–Lo mismo digo, Patrick –contestó Jared–. ¿Cómo va todo?

–Muy bien. Gracias –miró a Perdita–. Ya veo que esta vez no viene solo.

–No. Esta vez he traído a mi esposa.

Patrick les lanzó una mirada radiante.

–Me alegro de que nos visite, señora Dangerfield–. Espero que disfrute de su estancia.

Después de registrarse tomaron el ascensor rumbo a la séptima planta, acompañados de un botones que llevaba el equipaje. Cuando Jared abrió la puerta de la habitación 704, Perdita tuvo que hacer un gran esfuerzo para entrar. La decoración seguía igual y la cama, con sus sábanas color salmón, le traía un aluvión de recuerdos.

–He reservado mesa para cenar –dijo Jared después de despedir al botones con una generosa propina–. Pero pensé que quizá querrías ir al casino primero.

Perdita nunca había sido una entusiasta de los juegos de azar, pero esa vez decidió acceder.

–Sí. Es buena idea.

–Entonces, si quieres, cámbiate mientras hago una llamada.

Tras refrescarse un poco, la joven se recogió el cabello en un elegante moño y se puso un traje de fiesta con unas sandalias. Unos pendientes de lágrima y unas gotas de perfume le dieron el toque final.

Acababa de terminar cuando Jared entró en el cuarto de baño, sin dedicarle una simple mirada siquiera.

Perdita respiró hondo, resignada, y fue a sentarse en el salón. Él parecía estar evitándola deliberadamente... En cuanto él regresó, recién afeitado y vestido con una chaqueta hecha a medida y una corbata negra, se dirigieron al casino. El gran salón, con sus mil lámparas y mesas de juegos, parecía ajeno al paso del tiempo. En su interior se respiraba una atmósfera vibrante a cualquier hora del día.

–¿A qué te apetece jugar? –le preguntó Jared.

–No... No sé. Algo que no sea muy complicado. Es la primera vez que juego.

–Entonces te sugiero que pruebes suerte con la ruleta –la condujo hasta la mesa más próxima y le puso un montón de fichas delante.

–Bienvenidos –dijo la crupier con una sonrisa. Su placa identificativa decía que se llamaba Marylou.

Los otros jugadores apenas los miraron, pero la camarera no tardó en aparecer.

–¿Qué van a tomar? –les preguntó.

Aunque Jared no parecía estar de muy buen humor, pidió una botella de champán.

–Hagan sus apuestas –dijo Marylou de repente.

Perdita deslizó una de sus fichas y la puso sobre un cuadrado con número rojo. La rueda empezó a girar y un segundo después la bola cayó en una casilla. Marylou anunció el número y el color ganador y juntó las fichas.

Poco a poco, Perdita se dio cuenta de que la ruleta

no era tan emocionante como los demás jugadores parecían creer, a juzgar por la expresión de sus rostros. El juego era demasiado repetitivo y angustioso para ella. No quería perder el dinero de Jared, así que jugaba con mucha cautela, pero aun así, el montón de fichas no hacía más que disminuir. Cuando él le sugirió que compraran más, le dijo que no.

« La hucha de Don Junior está vacía y necesita un cochecito, así que si jugáis a la ruleta, apostad diez dólares al cero por mí...», recordó la joven de repente cuando le quedaban las últimas tres fichas.

Presa de un impulso temerario, deslizó las fichas, hizo la apuesta de Estelle y...

El número salió.

Recogió sus fichas ganadoras y, a punto de levantarse de la silla, sintió unas manos sobre los hombros que la empujaban hacia abajo.

—No quiero perder esto —le dijo a Jared—. Es tu dinero y...

—No. Es tu dinero —declaró él.

—Entonces, lo quiero para la hucha de Don Junior.

—Muy bien, pero ahora que te ha cambiado la suerte, deberías intentarlo una vez más.

—¿El mismo número? —preguntó ella.

—¿Por qué no? Tiene las mismas probabilidades de salir que el resto... Adelante —añadió al verla dudar un instante y entonces empujó todas las fichas hacia la casilla del cero.

Conteniendo el aliento, Perdita observó cómo giraba la bola hasta caer en el mismo número. Todos los jugadores suspiraron al tiempo que Marylou, con el rostro impasible, recogía las fichas perdedoras y les daba las premiadas. Después de cobrar el premio, Jared quiso entregarle un buen fajo de billetes, pero Perdita se lo devolvió.

–Preferiría que lo guardaras tú.

–De acuerdo –dijo él, metiéndoselo en el bolsillo–. Cuando volvamos, tú misma los meterás en la hucha de Don Junior. Bueno, ¿vamos a comer algo?

Ella no tenía mucho apetito, pero como Jared no parecía estar de muy buen humor, no quería quedarse a solas con él en la suite.

–Sí.

El restaurante era espectacular. Iluminado por decenas de arañas de cristal, tenía una pista de baile central y las mesas estaban orientadas en esa dirección. En la parte de atrás, había una pequeña tarima ocupada en ese momento por una orquesta que tocaba música animada. Varias parejas estaban bailando.

Todas las mesas parecían ocupadas, pero Jared le dijo algo al *maître* y poco después fueron guiados hasta una mesa que estaba justo al lado de la pista. De pronto, Perdita reparó en un detalle. Había tres sillas y tres copas de champán sobre la mesa.

Un momento después la orquesta comenzó a tocar una melodía lenta y romántica.

–¿Quieres bailar? –le preguntó Jared, ofreciéndole una mano. Parecía que había dejado a un lado aquello que lo atormentaba, aunque fuera por un rato.

No habían vuelto a bailar juntos desde el decimoctavo cumpleaños de Perdita. Qué felices habían sido aquella noche... La joven se sentía como si un puño gigante se hubiera cerrado alrededor de su corazón.

Se puso en pie y le siguió hasta la pista. Jared bailaba muy bien y a ella siempre le había sido fácil seguirle, pero esa noche se entregó a sus brazos como si ese fuera el único lugar del mundo en el que quisiera estar. Él inclinó el rostro y bailaron mejilla contra mejilla, tal y como lo habían hecho aquella vez.

Después de bailar varias piezas, él la condujo de vuelta a la mesa.

—Parece que esperas a alguien, ¿no? —le preguntó ella, mirando la tercera copa.

—Al principio sí. De hecho, ese era el motivo de la visita, pero luego me lo pensé mejor y le pedí que no viniera —dijo él con decisión.

—¿Entonces quién era el invitado, o la invitada, misterioso? —preguntó ella, sintiendo una curiosidad incontenible.

—Invitada... —dijo él, disparando aún más su curiosidad.

Después de un momento de titubeo, se lo dijo por fin.

—Se llama Linda. Trabajaba aquí, pero se casó con el gerente del casino.

De repente, todas las piezas encajaron en la mente de Perdita.

—Y ella fue la mujer a la que vi en tu habitación.

—Así es —dijo él en un tono tranquilo y seguro.

—Jared, hay algo que quiero decirte... —empezó ella, respirando hondo.

—¿Qué diablos pasa aquí? —gritó un hombre de repente en un tono furioso.

Perdita levantó la vista y se encontró con el rostro de Martin, encendido por la rabia y amenazante.

—Te sugiero que bajes la voz y que te sientes, si no quieres que te echen de aquí —dijo Jared, sin perder la calma.

—Yo no tengo por qué recibir órdenes tuyas. He venido a buscar a mi prometida —agarró a Perdita de la muñeca y trató de hacerla ponerse en pie.

—¡Déjala en paz! —dijo Jared, haciendo ademán de ponerse en pie.

—Por favor, Martin, siéntate y hablemos —dijo Perdita, viendo que estaban llamando la atención del *maître*.

Un momento después, Jared volvió a sentarse y Martin no tuvo más remedio que hacer lo mismo.

–¿Cómo supiste dónde encontrarme? –le preguntó ella.

–Sabía que algo iba mal, así que hice algunas indagaciones. Descubrí que Dangerfield había comprado Salingers recientemente y que todas las llamadas que hacía a Nueva York estaban siendo desviadas a su casa de California, así que enseguida me subí a un avión. El ama de llaves me dijo adónde habías ido. ¿Cómo has podido caer en su trampa por segunda vez? –le preguntó, furioso y frustrado.

–Lo siento, Martin. Sé que te debo una explicación.

–¡Por supuesto que sí! Quiero saber qué demonios estás haciendo aquí con él cuando te vas a casar conmigo dentro de unas semanas.

Jared estaba a punto de intervenir, pero Perdita lo hizo desistir con una mirada.

–Por favor, Jared, deja que yo me ocupe de esto.

–Si eso es lo que quieres...

–Así es –se volvió hacia Martin–. No me puedo casar contigo, Martin. Hace tres años, cuando viniste a buscarme porque mi padre había sufrido un ataque al corazón, Jared y yo estábamos casados. Nos habíamos casado ese mismo día. Pero tú lo sabías, ¿no?

–No en ese momento –dijo él, algo nervioso–. Lo descubrí después. Pero vuestro matrimonio fue anulado.

Ella sacudió la cabeza.

–Yo pensaba que sí. Pensaba que podía casarme contigo, pero cuando volví a encontrarme con Jared, me enteré de que todavía seguíamos casados. Debería habértelo dicho directamente. Lo sé, pero...

–En vez de eso te dejaste embaucar una segunda vez,

¿no? –le lanzó una mirada envenenada a Jared–. Bueno,
voy a asegurarme de que esta vez sea anulado de verdad.

–Es demasiado tarde para eso.

–Entonces... llevas tres años manteniéndome a mí a
raya, ¡pero te has acostado con él! –exclamó Martin,
fuera de sí–. ¿O acaso te obligó?

–No. No me obligó.

–Entonces tendremos que posponer la boda hasta
que el divorcio sea efectivo –dijo Martin, sin sonar muy
convencido.

–Lo siento, Martin, pero no quiero casarme contigo.
Nunca debía haber aceptado.

–Has dejado que esta sabandija te manipule –exclamó, cada vez más colérico–. Y tú sabes tan bien
como yo que no se puede confiar en él.

–Sí que confío en él, Martin –hizo una pausa–. Me
dijo que esa noche no había estado con ninguna otra
mujer, y yo le creo. Debí haberme dado cuenta antes.

–¡Tienes que estar loca! Viste a otra mujer en su habitación.

–¿Y cómo sabes lo que vi? Yo nunca te lo dije.

Martin pareció titubear un instante.

–Pero la viste, ¿no? –dijo por fin.

–Pudo ser una equivocación. A lo mejor ella entró
en la suite que no era.

–Eres una idiota si te crees eso.

–Lo creo.

–¿Y también crees que se confundió de cama y de
hombre? –le preguntó en un tono burlón.

–No estaba en la cama.

Como si de repente hubiera tomado una decisión,
Martin se sacó un sobre del bolsillo.

–Me alegro de haber traído esto. Echa un vistazo y
dime si todavía crees que fue un error.

Dentro del sobre había varias fotos de la pelirroja con Jared en la cama. Aunque no se tocaban en ninguna de ellas, estaban tumbados uno al lado del otro, desnudos. Ambos parecían dormidos.

Durante una fracción de segundo, la confianza de Perdita se tambaleó.

—No dejan lugar a dudas, ¿no crees? —le preguntó Martin en un tono triunfal.

—¿De dónde las has sacado? —le preguntó ella sin perder la ecuanimidad.

—Eso no importa.

—Sí que importa. Podrían ser falsas. Hoy en día se puede hacer cualquier cosa.

—Por supuesto que no son falsas —masculló Martin.

—¿Y cómo estás tan seguro? —preguntó Perdita, sospechando cada vez más.

Martin guardó silencio un instante y entonces lo admitió todo.

—Porque yo hice que alguien sacara estas fotos.

—¿Tú hiciste que las tomaran? ¿Por qué?

—Porque sabía lo que iba a pasar en cuanto dieras media vuelta.

—Entonces quieres decir que le tendiste una trampa, ¿no? —le preguntó ella. Sus sospechas se habían confirmado. Martin tenía la culpa escrita en la frente.

—¿Cómo crees que haría algo así? —preguntó él, fingiendo estar indignado—. Sabes muy bien que yo...

—Bueno, es fácil de demostrar. Como ya debes de haber notado, porque estás sentado en ella, hay una silla de más y también una copa...

De repente, Martin se puso blanco como el papel.

—Linda va a venir enseguida. Ha accedido a contarme toda la verdad, así que si no quieres sufrir una de las humillaciones más grandes de toda tu vida, te sugiero que te vayas ahora —dijo ella en un tono sosegado.

–Pero, Dita, yo...

–Y te devuelvo tu anillo. Deberías aprovechar este tiempo para ir a ver a mi padre, porque tengo intención de decírselo todo en cuanto le vea.

Sin decir ni una palabra más, Martin se puso en pie y dio media vuelta.

Jared seguía callado, mirándola fijamente.

De repente le hizo señas al camarero. Este se acercó y les sirvió el champán al tiempo que les dejaba la carta. Perdita todavía parecía demasiado aturdida, así que él pidió por los dos.

–Jared, ¿por qué no me dijiste todo esto hace cinco días? –le preguntó ella cuando el camarero se marchó.

–No sabía si ibas a creerme –le dijo él, mirándola con sus ojos grises, casi plateados.

–Entonces es por eso por lo que me has traído aquí... Pero si es así, ¿por qué cambiaste de idea respecto a Linda?

–Porque quería que confiaras en mí; quería que creyeras en mí. Quería que confiaras en mi palabra sin tener que demostrar nada. Pero al final me di cuenta de que si no eras capaz de hacerlo, entonces no merecía la pena.

Él hablaba despacio, pero sus palabras sonaban tan intensas y profundas, que Perdita apenas podía soportarlo.

En ese momento les llevaron el primer plato. Cabizbaja, la joven comió de forma automática, sin tener ni idea de lo que tenía en el plato.

Cuando llegaron al café, consiguió salir por fin del maremágnum de emociones que se había apoderado de ella.

–Oh, Jared... –le dijo de repente, levantando la cabeza, con los ojos llenos de lágrimas.

Él le agarró la mano.

–Lo siento. Saber que Judson estaba metido en todo ha debido de ser un duro golpe para ti.

–Pero yo me alegro de haberme enterado –dijo ella con vehemencia–. Tenías razón cuando me dijiste que era taimado y mentiroso. También deberías haberme dicho que era un tipo cruel y sin escrúpulos. Seguramente fue él el culpable de que mi padre sufriera un ataque al corazón. Debió de decirle que estábamos juntos en Las Vegas. Quería que algo así ocurriera para quedarse conmigo. ¿Cómo pudo hacer algo así? Aquel ataque podía haber sido fatal para mi padre.

–Pero no lo fue –dijo Jared–. Por suerte, el corazón de tu padre fue lo bastante fuerte para aguantarlo.

–Pero podía no haber sido así –dijo ella, apretando los puños.

Jared agarró su mano con más fuerza. Le abrió los dedos uno a uno y se los besó.

–Ten en cuenta que estaba loco por ti, y los celos no son buenos consejeros.

–¿Cómo puedes ser tan benevolente después de todo lo que te hizo?

–Admito que no siempre ha sido así. Cuando me enteré de lo que había hecho, sentí ganas de matarle.

–Solo quisiera... –de repente ella se detuvo, ahogada por las lágrimas–. Por lo menos debería haberte escuchado. Tendría que haberte concedido el beneficio de la duda. Si no hubiera sentido tantos celos...

Él sacudió la cabeza.

–Me he dado cuenta de que eso hubiera sido pedirte demasiado. No podía esperar que me concedieras el beneficio de la duda cuando yo tampoco sabía lo que estaba pasando.

–Dime qué pasó.

Una emoción intensa cruzó el rostro de Jared.

–Después de que te marcharas, bajé al casino para

pasar el tiempo. Tomé un par de copas y jugué a la ruleta hasta las doce y media. Después me fui a la cama...
Me desperté de madrugada, confuso y sin recordar
nada. Después me enteré de que me habían echado algo
en la bebida. Había una mujer extraña, vistiéndose en
la habitación. En ese momento solo estaba seguro de
dos cosas. Nunca en mi vida la había visto y sabía con
certeza que me había ido solo a la cama. Cuando le pregunté qué estaba haciendo en mi habitación, me dijo
que se había equivocado de suite. Me dijo que como todas las suites eran muy parecidas, no se había dado
cuenta hasta meterse en la cama. Me pidió disculpas y
se marchó.

Se pasó una mano por el pelo.

—En ese momento yo ya estaba preocupado porque
no sabía nada de ti, así que me vestí y decidí ir a tomarme un café. El guardia de seguridad estaba en el
vestíbulo y, cuando me vio, me dijo que ella ya se había
marchado, pero yo no sabía de qué o de quién estaba
hablando. Al ver que no tenía ni idea, me aclaró la situación. «La chica rubia con la que estaba esta tarde.
Acaba de irse». Eso me dijo. Yo le dije que debía de ser
un error, pero él insistió en que te había visto un minuto
antes, acompañada de un hombre alto y rubio. Me dijo
que él se había quedado esperando en el vestíbulo y que
tú habías tomado el ascensor. Yo sé que estos guardias
de seguridad se fijan en todo y entonces empecé a tener
mis dudas. ¿Y si habías subido a la habitación y habías
visto salir a la otra mujer? Le pregunté si había visto salir a una pelirroja muy llamativa. «Oh, sí. Era Linda
Dow... Estuvo aquí hace un rato. Trabaja en el casino.
Si la está buscando, debe de estar tomando algo en la
habitación que está justo detrás del bar», me dijo. Le di
las gracias y fui a buscar a la señorita Dow. Ella estaba
donde me había dicho el guardia, pero no parecía muy

contenta de verme. Sin embargo, seguía contando la misma historia. Volvió a decirme que se había equivocado y añadió que estaba buscando a un cliente borracho que había contratado sus servicios esa misma noche. Después de presionarla un poco, admitió que mientras estaba en la habitación había visto entrar a una chica rubia que había salido sin decir ni una palabra.

Jared hizo una pausa, visiblemente afectado por los recuerdos.

—Enseguida me fui al aeropuerto, pero no pude encontrarte. No sabía si habrías vuelto a Los Ángeles o a casa. Esperé a que amaneciera y llamé al hospital. Me dijeron que tu padre había sufrido un ataque leve, pero que se encontraba bien. Sin embargo, nadie sabía nada de ti. Después de llamar varias veces, volé de vuelta a San José. Cuando llegué a la casa de Judson, parecía que no había nadie. Nadie abría la puerta ni tampoco contestaban al teléfono. Al día siguiente fui a las oficinas de la empresa, pero me dijeron que, aparte de los empleados regulares, no había nadie, ni tampoco sabían adónde se habían ido. Para entonces ya estaba bastante seguro de que debías de estar en Los Ángeles, así que volé hasta allí y pasé tres días merodeando por el hospital, con la esperanza de verte, llamando a la casa de Judson constantemente. Al final, Elmer Judson contestó, pero en cuanto se dio cuenta de que era yo, colgó sin más. Poco después averigüé que habían terminado de hacerle pruebas a tu padre y que le daban el alta al día siguiente, así que le seguí hasta la casa de Judson en San José. Como sabía lo que pasaría si llamaba al timbre, me colé sin más... —guardó silencio un momento, intentando mantener la compostura—. El resto ya lo sabes.

—Nunca he entendido por qué no te resististe —dijo ella, estremeciéndose.

—Porque tu padre todavía se estaba recuperando de un

ataque al corazón y no quería empeorar las cosas. No quería que las cosas llegaran a ponerse violentas de verdad.

Perdita recordó cómo le habían golpeado; el hilo de sangre que corría por su barbilla, el labio partido...

–Pero no tenías por qué dejar que te dieran una paliza. Podrías haberlos detenido.

–Solo podría haberlo hecho usando los puños.

–Pero yo podría haberlos hecho parar con solo decir dos palabras –dijo ella, haciendo una mueca de dolor.

–Si hubieras querido.

–Todavía recordaba muy bien la escena de la habitación, y no quería admitir que estábamos casados; no quería admitir que había sido una tonta.

–Lo entiendo –dijo él en un tono grave–. No te culpo.

Él no la culpaba, pero ¿cuántas veces lo había hecho ella misma?

–¿Cuánto tiempo estuviste en el hospital?

–Cinco días.

–¡Cinco días! –exclamó ella.

–Tuve tiempo para pensar y así me di cuenta de que me habían tendido una trampa. Pero tú no querías ni verme y, en cualquier caso, no tenía pruebas. Y después me diste el golpe de gracia pidiéndome la anulación. Estaba desesperado, así que volví a Las Vegas para averiguar la verdad. Y finalmente lo conseguí. Linda admitió que Judson le había dado cinco mil dólares a cambio de hacer lo que él le pidiera... Volví a San José, pero tú ya no estabas. Le dije a Elmer Judson que estábamos casados, pero se negó a ayudarme. Me dijo que estabas mejor sin mí y que anulara ese matrimonio. Al ver que no me quedaba más remedio le dije que Martin me había tendido una trampa, pero la expresión de su cara me decía que él ya lo sabía y que aprobaba lo que había hecho su hijo. Fue en ese momento cuando me di cuenta de que era una batalla perdida. El único que no sabía nada era tu padre. Pasé unos cuantos días desesperado.

Jared frunció el ceño.

—Mi empresa estaba al borde de la quiebra, pero no me importaba. Solo podía pensar en encontrarte. Al final fue mi padrino el que me salvó, y no solo económicamente. «Sé que el futuro pinta mal», me dijo, «pero tienes que salir adelante y recuperar tu posición de poder. Y después, si todavía la quieres, estoy seguro de que la encontrarás». Un buen consejo...

Él dejó de hablar y, por primera vez en un buen rato, Perdita oyó el jolgorio que los rodeaba, la música, las voces, las risas, el ruido de las botellas de champán al abrirse. La orquesta dejó de tocar y anunciaron que el cabaré iba a empezar en unos minutos.

—¿Quieres quedarte para el cabaré? —preguntó Jared.

Saturada y cansada, Perdita sacudió la cabeza. Todavía había tantas cosas que decir...

Él la agarró de la cintura y juntos subieron a la suite.

—¿Vas a darte una ducha? —le preguntó él en cuanto entraron en la habitación.

Perdita se llevó una gran sorpresa. Pensaba que nada más entrar la estrecharía entre sus brazos y se la comería a besos. Nada más lejos de la realidad... En silencio, buscó sus cosas de baño y fue a refrescarse antes de acostarse.

Cuando salió, vestida con un camisón de satén color marfil, fresca y perfumada, buscó la mirada de Jared con esperanza, pero él entró en el cuarto de baño, ignorándola por completo.

Con el corazón encogido, la joven fue al salón y se sentó en el sofá, incapaz de dormir.

—¿Todavía estás aquí? Pensaba que estabas muy cansada —le dijo él al salir del cuarto de baño, sorprendido de verla allí aún.

Perdita le miró fijamente. Él sí que parecía cansado, como si todas las emociones que había derrochado esa noche le hubieran pasado factura de repente. Ella deseaba decirle lo mucho que lo amaba. Deseaba acurrucarse contra él y sentir cómo le latía el corazón.

—Estoy cansada, pero tengo demasiadas cosas en la mente como para poder dormir.

—En ese caso, será mejor que digamos todo lo que hay que decir —soltó el aliento antes de seguir adelante—. Estaba equivocado cuando intenté obligarte a volver conmigo, y solo puedo pedirte perdón por todo lo que te he hecho pasar contra tu voluntad. Si ves que aún amas a Judson, cuando tengas tiempo de pensar bien las cosas, te daré el divorcio rápidamente. Quizá tengas que posponer un poco la boda, pero yo trataré de que sea lo más rápido posible —le dijo, como si estuviera deseando librarse de ella.

—Muy bien —dijo ella, levantando la barbilla—. Pero no pienso casarme con Martin, aunque ya no me quieras.

—¿Es que ya no le quieres?

—Ya no me gusta, lo cual es aún más importante. Nunca lo he querido. Me caía bien y le estaba agradecida por todo lo que había hecho por mí... ¡Agradecida! —se le quebró la voz—. Estaba dispuesto a arruinarme la vida, y también a arriesgar la vida de mi padre por puro egoísmo. Pero ni siquiera mostró una pizca de arrepentimiento cuando supo que estábamos casados.

—¿Y cómo supiste que él lo sabía?

—Recuerdo un día en que estaba hablando con Elmer. Cuando colgó estaba muy afectado. Más tarde, cuando estábamos solos, me dijo que aunque hubiera sido tan tonta como para casarme contigo, sería fácil acudir a un abogado para conseguir una anulación. Aunque yo no dije nada, él debió de darse cuenta de lo triste que estaba. Yo estaba sufriendo, pero eso a él no le importaba –añadió con un nudo en la garganta.

–Eso ya no importa. Es hora de enterrar el pasado y mirar hacia el futuro. Mañana puedes llamar a tu padre. Dile que todo está arreglado. Salingers ha accedido a comprar el cincuenta por ciento de las acciones y en cuanto él dé su consentimiento pondremos en marcha el paquete de medidas de rescate económico. También puedes decirle que volverás a Inglaterra la semana que viene. No tienes por qué mencionar mi nombre.

Ella sacudió la cabeza.

–Se lo voy a decir todo a mi padre.

–¿Vas a decírselo todo? –repitió Jared, sorprendido.

–Sí. Ya es hora de que sepa de lo que son capaces Elmer y Martin.

–¿Estás segura de que es una buena idea?

–Estoy segura de que es necesario. No sería justo para ti que hiciera lo contrario.

–Como Judson vive en la casa de tu padre, puede que las cosas se pongan difíciles para ti.

–Voy a mudarme. Voy a romper con todo. Me buscaré otro trabajo y alquilaré un piso. Sé que Sally cuidará de mi padre –de repente todo el cansancio del día cayó sobre ella como un lastre. Exhausta, se frotó los ojos.

–Estás lista para irte a la cama –le dijo Jared.

–Sí –dijo ella, poniéndose en pie.

Él se quedó quieto, sin intención de acompañarla.

–¿Y tú?

–Voy a dormir en el sofá.

–¿Por qué? –le preguntó ella, sintiendo que le daba un vuelco el corazón.

–Soy humano. Si duermo en la misma cama que tú, quizá no sea capaz de dejarte en paz.

–¿Y si te digo que no quiero que lo hagas?

–Eso es muy tentador, pero cuando muere el amor, ya no hay nada que hacer.

–Sé que tú no me quieres, pero... –empezó a decir ella con un hilo de voz.

–¿Y eso cómo lo sabes?

–Acabas de decir que cuando muere el amor...

–No me refería al amor que siento yo.

–Pero hace días me dijiste que no me querías. Dijiste que solo quedaba deseo –dijo ella.

–Ojalá fuera así. De esa manera todo sería mucho más fácil para mí.

–¿Y entonces por qué lo dijiste, si no es cierto? –preguntó ella, sintiendo un atisbo de esperanza.

–Es duro admitir que amas a alguien que ya no te ama.

–¡Pero yo sí te amo! ¡Nunca he dejado de hacerlo!

–Quisiera creer que es así, pero no puedo. Creo que solo tratas de arreglar algo que te parece una injusticia.

Sin decir ni una palabra más, Perdita fue al cuarto de baño y sacó de su joyero el relicario de oro que contenía sus anillos. Cuando volvió al salón, Jared la esperaba con la cabeza entre las manos, cabizbajo.

–Si no me crees, ¿cómo es que aún tengo esto?

Él levantó la vista, fue hacia ella lentamente y tomó la joya de sus manos. Como si de un milagro se tratara, abrió el relicario y dejó caer los anillos sobre la palma de la mano.

Los contempló en silencio durante una eternidad y cuando por fin levantó la cabeza, había una sonrisa en sus labios. Le agarró la mano con fervor y se los puso en el dedo anular.

–Jared, solo quiero decirte que...

Él la hizo callar con un beso.

–Ya hemos hablado demasiado. Por la mañana tendremos tiempo de decirnos todo lo que queda por decir.

Entonces hablaremos de la boda, de la luna de miel en Portofino... Pero ahora solo quiero hacerte el amor –la tomó en brazos y la llevó al dormitorio.

La dejó en la cama y la desvistió con sumo cuidado, deleitándose con cada rincón de su cuerpo. Entonces se quitó la ropa y se tumbó a su lado.

–¿Vas a dejarme decirte lo mucho que te quiero? –le preguntó ella, rozándole la mejilla.

–Espero que me lo digas todos los días durante el resto de nuestras vidas. Pero en este momento preferiría que me lo demostraras.

Hicieron el amor y ella le respondió con toda la pasión que había guardado durante tanto tiempo. Cuando por fin volvieron a la Tierra, todavía vibrando de placer, él le dio un beso en la frente y la miró a los ojos.

–¿Tanto me quieres? –le dijo, lleno de satisfacción.

¿Se atrevería a decirle que tenía un heredero?

Selena Blake no podía dejar de pensar en Alexis Constantinou. Antes de que sus expertas caricias le abrieran los ojos, no era más que una ingenua maestra. Desde entonces, soñaba todas las noches con una idílica isla del Mediterráneo y la tórrida aventura que le había robado la inocencia.

Pero, del corto tiempo que habían pasado juntos, Selena conservaba un vergonzoso secreto. Y cuando, por motivos familiares, tuvo que regresar a Grecia, volvió a enfrentarse al hombre cuyas caricias la habían marcado para siempre. Al volver a ver a Alexis no pudo pasar por alto la pasión que los seguía consumiendo. Sin embargo, ¿se atrevería a contarle la verdad que había ocultado a todos?

MARCADA POR SUS CARICIAS

SARA CRAVEN

Acepte 2 de nuestras mejores novelas de amor GRATIS

¡Y reciba un regalo sorpresa!

Oferta especial de tiempo limitado

Rellene el cupón y envíelo a
Harlequin Reader Service®
3010 Walden Ave.
P.O. Box 1867
Buffalo, N.Y. 14240-1867

¡Sí! Por favor, envíenme 2 novelas de amor de Harlequin (1 Bianca® y 1 Deseo®) gratis, más el regalo sorpresa. Luego remítanme 4 novelas nuevas todos los meses, las cuales recibiré mucho antes de que aparezcan en librerías, y factúrenme al bajo precio de $3,24 cada una, más $0,25 por envío e impuesto de ventas, si corresponde*. Este es el precio total, y es un ahorro de casi el 20% sobre el precio de portada. ¡Una oferta excelente! Entiendo que el hecho de aceptar estos libros y el regalo no me obliga en forma alguna a la compra de libros adicionales. Y también que puedo devolver cualquier envío y cancelar en cualquier momento. Aún si decido no comprar ningún otro libro de Harlequin, los 2 libros gratis y el regalo sorpresa son míos para siempre.

416 LBN DU7N

Nombre y apellido	(Por favor, letra de molde)

Dirección	Apartamento No.

Ciudad	Estado	Zona postal

Esta oferta se limita a un pedido por hogar y no está disponible para los subscriptores actuales de Deseo® y Bianca®.
*Los términos y precios quedan sujetos a cambios sin aviso previo.
Impuestos de ventas aplican en N.Y.

SPN-03

©2003 Harlequin Enterprises Limited

Solo una semana
Andrea Laurence

Después de su ruptura, lo último que deseaba Paige Edwards era una escapada romántica. Pero un viaje a Hawái con todos los gastos pagados la llevó a aterrizar en la cama de Mano Bishop. Una aventura explosiva con Mano podría suponer la recuperación perfecta… el problema era que estaba embarazada de su ex. Ciego desde la adolescencia, Mano había conseguido éxito en los negocios, pero no en el amor; siempre le había bastado con tener aventuras ocasionales, hasta que llegó Paige. Una semana con aquella mujer le llevó a replantearse todo.

¿Podría una semana de pasión convertirse en algo más?

Que hable ahora… o calle para siempre…

Scarlett Ravenwood se arriesgó mucho al interrumpir la boda de Vincenzo Borgia. Ella estaba sola y sin blanca, y él era un hombre rico y poderoso. Pero necesitaba su ayuda… para proteger al niño que llevaba en su vientre, el hijo de Vincenzo.

Vin se puso furioso al saber que Scarlett le había ocultado su embarazo. Sin embargo, le iba a dar un heredero y, desde su punto de vista, no tenía más opción que casarse con ella.

Scarlett nunca habría imaginado que llevar un diamante de veinticuatro quilates fuera como llevar una losa en el corazón. Pero lo era, porque no podía tener lo único que verdaderamente deseaba: el amor de su futuro marido.

UNA OBSESIÓN

JENNIE LUCAS

[1]